DU MÊME AUTEUR

À NOS AÏEUX, Recueil d'entretiens, Éditions Aubanel, 2007.

AMALIA ALBANESI

Sylvie Tanette

AMALIA ALBANESI

ROMAN

MERCVRE DE FRANCE

À Giovanni Boninu

Lorsque j'ai demandé à ma mère des informations sur son grand-père, Stepan Iscenderini, elle n'a, sur l'instant, eu qu'une phrase : « Le jour où il est arrivé à Tornavalo, le village s'est arrêté de respirer. » Et alors j'ai eu sous les yeux un hameau écrasé de soleil, silencieux dans la lumière sans pitié du milieu de la journée, un village avec ses maisons de pierres sèches et ses portes closes, et un grand jeune homme qui commence à remonter les rues étroites, à pas de loup.

J'étais en train de construire un arbre généalogique avec mon fils. Mon fils Téo a huit ans. Vendredi, son institutrice a distribué à toute la classe un modèle photocopié à remplir, en disant à ses élèves de se faire aider de leurs parents. Quand mon fils m'a montré, ce matin, le travail qu'il avait à faire pour demain lundi, je suis restée impassible, mais j'ai commencé à bouillir intérieurement.

Qu'est-ce que cette institutrice a dans la tête? Est-ce qu'elle s'imagine que je n'ai que ça à faire, le dimanche, aider mon fils à faire ses devoirs? Cela dit, au fond de moi, je savais bien que c'était autre chose qui me mettait en colère. En vérité, je me demandais comment une institutrice pouvait être assez stupide pour imaginer que l'on parviendrait à reconstituer un arbre généalogique en un seul week-end. Assez stupide pour supposer, en somme, que ce serait un travail anodin. Et en même temps j'ai pensé : quelle triste vie elle doit avoir! Parce que je l'imaginais très bien, elle, Mme Muscat, avec son arbre généalogique d'une simplicité navrante, des grands-parents en Bretagne, je l'aurais parié, et d'autres dans le Poitou, chez qui elle passait ses vacances enfant. Sûrement qu'il y avait toujours, quelque part chez les Muscat, une grande maison ancienne remplie de souvenirs et de vieux objets. Je ne savais pas si j'avais raison de la plaindre, cela dit ce genre d'histoire familiale me fait horreur, et l'arbre généalogique de mon fils ne va pas ressembler au sien.

Alors on s'y est mis bravement, Téo et moi, assis tous les deux à la table de la cuisine. On a décidé que j'allais dicter ma partie, je devrais plutôt dire m'attaquer à ma partie, puis il rédigera la partie paternelle avec son père, qui pour l'heure est allé faire un footing, conscient qu'on en a sans doute pour un moment. Effectivement, m'est avis qu'on n'a pas fini.

J'ai donc commencé à écrire pour Téo les noms sur des brouillons. Mes parents, puis mes grands-parents maternels. Le fantôme de ma grand-mère Luna, que j'aimais tant, a soudain traversé la cuisine. Puis, il me fallait le nom de ses parents à elle, mes arrière-grands-parents. Là, j'ai commencé à me creuser la tête, parce que quand même ça devenait compliqué. Heureusement, l'arbre généalogique photocopié s'arrête là. J'ai commencé à réfléchir et mon fils s'impatientait : « Les parents de ta grand-mère Luna, ils s'appelaient comment ? » Et du fin fond du brouillard de ma mémoire leurs noms ont surgi, pauvres noms de pauvres vies que le temps avait engloutis : Stepan Iscenderini et Amalia Albanesi.

Et Téo m'a demandé : « Tu les as connus ? » J'ai ri. Bien sûr que non. Il a commencé à me poser des questions : où ils habitaient, à quelle époque ils vivaient. J'ai tenté de répondre comme j'ai pu, et je me suis souvenu que Stepan Iscenderini n'était pas né à Tornavalo, mais à cette heure-là un dimanche matin je ne pouvais rien trouver de plus. Mon fils m'a dit : « Tu n'as qu'à téléphoner à ta mère, elle saura. »

Je déteste téléphoner à ma mère. Avec elle, ça n'en finit pas. Et Téo le sait, j'ai même senti une pointe d'ironie moqueuse dans sa voix. En attendant il avait raison, ma mère pourrait probablement nous renseigner, alors je l'ai appelée. Depuis toutes ces années que j'ai quitté Marseille pour venir habiter au bord de la Manche, téléphoner là-bas, où ma mère bien sûr vit toujours — pour elle, le monde se résume à la Mare nostrum — téléphoner là-bas m'est toujours un peu compliqué, violent je dirais. Pourtant, là, il n'y avait pas à reculer. Je lui ai demandé : d'où venait-il, cet arrière-grand-père qui était aussi son grand-père, le père de sa mère ? Alors elle a eu cette phrase : « Quand ton arrière-grand-père, Stepan Iscenderini, est arrivé à Tornavalo, le village s'est arrêté de respirer. » Et vas-y rêve un peu.

Tornavalo, à l'époque, c'est juste un hameau accroché à sa colline, un peu après Bari, dans les Pouilles. Aujourd'hui, entre les touristes et les magasins de souvenirs, probablement qu'on n'en reconnaîtrait pas grand-chose. Mais à ce moment-là — on est quand ? Début XXe ? — c'est juste un endroit oublié de tous, perdu au fin fond d'un pays qui vient à peine, tant bien que mal, de se construire. Tornavalo, qui a été sous domination romaine, normande, aragonaise, sarrasine et j'en passe, vit sa vie en se tenant loin des troubles de l'Histoire. Un village qui domine la mer, où depuis toujours on cultive des oliviers et on élève des brebis. C'est tout.

De mon arrière-grand-mère Amalia, longtemps je n'ai pas su grand-chose, hormis qu'elle était née et avait grandi à Tornavalo, qu'elle avait tué l'âne familial, et qu'elle était de toute petite taille. J'étais un peu étonnée qu'on mentionne toujours ce dernier détail à son sujet, vu que toutes les femmes de la famille sont absolument minuscules. Peut-être était-elle réellement petite, plus encore que toutes les autres, alors je préfère ne pas imaginer combien elle mesurait. Quant à cette histoire d'âne familial qu'elle avait tué, voilà une aventure qui, lorsque j'étais enfant, m'a toujours fait rêver. Pensez donc : quel était ce village où les familles possèdent un âne comme ici une voiture ? Surtout, je ne me lassais pas d'imaginer cette arrière-grand-mère sous les traits d'une sorte de Calamity Jane miniature, posant fièrement, comme pour une photo-souvenir qui n'existera jamais, debout devant le corps de l'animal qu'elle vient d'abattre. Et d'ailleurs, comment s'y prend-on pour tuer un âne ? Le jour où j'ai confié à Luna combien cette histoire m'impressionnait, elle a été obligée de s'asseoir tant elle a ri. « Mais qu'est-ce que tu vas imaginer ? »

Chez les Albanesi, Amalia était la petite dernière. À ce titre, elle occupait une place à part dans la famille. Ses cinq grands frères étaient beaucoup plus âgés qu'elle, née alors que ses parents pensaient bien ne plus jamais avoir d'enfants. D'ailleurs je me demande comment a été vécue sa naissance, chez ces paysans de l'extrême sud de l'Italie. Comme un miracle, un don de Dieu, une bonne surprise ? Ou au contraire comme une catastrophe, une bouche supplémentaire à nourrir, et une fille en plus ! Les Albanesi étaient des propriétaires terriens, presque des notables, pas tout à fait non plus. Leur sort, dans leur grande maison austère qui dominait le village, était plus enviable que celui des pouilleux sans terre qui vendaient leurs bras à la journée et s'entassaient dans des habitations troglodytes. Cela dit, la vie des Albanesi n'était pas pour autant facile. Ma mère est formelle : ils travaillaient du matin au soir comme des brutes. Le père et les cinq garçons, c'est sûr. Les femmes, aussi.

La plupart du temps, Amalia aide sa mère et la suit partout : à la cuisine, au lavoir, aux champs. Et surtout elle lave le sol de la maison, comme elle le racontera à sa fille bien plus tard. Elle le lave tous les jours pour ôter les traces que les chaussures des hommes laissent sur les dalles, traces rouges qui réapparaissent tout le temps. Parce qu'à Tornavalo, la terre est rouge. Elle s'attache aux semelles, aux vêtements, on en trouve toujours quelques grains ici et là lorsqu'on secoue sa veste ou qu'une femme ôte son foulard. Les jours de vent, elle s'infiltre sous les portes des maisons, se soulève en bourrasques et l'air lui-même en est plein. La terre rouge de Tornavalo, c'est une malédiction, un jugement de Dieu, une fatalité. Le prêtre dit que ces sauvages n'ont que ce qu'ils méritent, avec leur terre rouge, et que surtout le Seigneur fasse qu'elle les étouffe.

Alors il faut que Téo imagine Amalia petite fille, minuscule avec sa robe ample et son fichu sur la tête, Amalia qui mène un bourricot par les chemins. Quand elle ne trottine pas derrière sa mère ou ne lave pas par terre, c'est son travail à elle. Les jours où son père et ses frères n'ont pas besoin de l'âne qui, dans cette famille, sert à tout, Amalia le conduit dans les alentours du village, où il grignote des ronces toute la journée.

Parce que les ronces sont l'autre calamité de Tornavalo. Elles envahissent les chemins, s'agrippent aux murets de pierres sèches. L'âne se fraie tant bien que mal un passage parmi les épineux et Amalia, qui ne sort jamais sans son bâton, se livre jour après jour à un combat sans merci contre ces tiges tentaculaires et diaboliques qui lui griffent les bras dès qu'elle quitte le village.

Que fait une petite fille qui suit un âne le long des chemins ? Elle rêve. Alors qu'à petits pas Amalia conduit un animal deux fois plus grand qu'elle sur les sentiers encombrés de ronces, son esprit navigue au-delà des collines, au-delà des maisons, au-delà de la mer. Voilà ce qu'elle aime, Amalia, dans cette vie : suivre son âne, pas à pas, en rêvant à toutes sortes de choses, s'aventurer de plus en plus loin du village à mesure qu'elle grandit, jusqu'à la falaise qui tombe dans la mer. Grâce à ces quelques années qu'elle passe derrière son âne, Amalia construit dans sa tête un monde fantastique qu'un romancier lui envierait, et surtout elle visite toutes les côtes méditerranéennes sans quitter Tornavalo. Cela dit, je me suis souvent demandé pourquoi Amalia enfant s'échappait comme ça, quand les autres petites filles du village se contentaient de faire ce qu'on attendait d'elles sans poser de questions. D'où sortaient, chez mon arrière-grand-mère, cette imagination débordante et ce besoin évident de s'en aller ? En vérité, ce que je crois, c'est que le paysage autour de Tornavalo lui faisait peur. Lorsqu'elle suivait son âne jusqu'à la falaise, Amalia se glissait entre les oliviers en évitant de les regarder, comme on traverse une foule hostile et silencieuse. Dans ce qui était, pour tous, simples murets de pierres sèches, oliveraies, amandiers et figuiers de Barbarie, mon arrière-grand-mère ne voyait qu'écorchures, blessures, cris de douleur. Comme si elle souffrait d'une sorte de trouble de la vision.

Amalia racontait parfois, à sa mère ou à ses frères, ce qu'elle imaginait. Les oliviers centenaires qui descendent des collines et se répandent dans la plaine de Bari, Amalia songeait en voyant leurs contorsions désespérées qu'ils tentaient vainement d'échapper à la terre, de se sortir de cette argile rouge dans laquelle leurs racines étaient plantées. Un jour, elle avait dit à ses frères que la plaine de Bari n'était probablement qu'un immense cimetière, où chaque mort était devenu un olivier. Il n'y avait, pour s'en convaincre, qu'à voir comment chacun d'eux tentait de rejoindre le ciel, leurs bras tordus de martyrs, leurs corps figés dans un ultime effort pour s'extraire des entrailles de l'enfer. Ses frères s'étaient d'abord contentés de hausser les épaules — comment donner de l'importance à ce que raconte une gamine ? — mais en aparté ils s'interrogeaient du regard et fronçaient les sourcils. Une folle, voilà ce qu'elle était. À mes yeux, Amalia est la première dingue de cette famille qui, dans le genre, a compté depuis quelques spécimens de choix.

Mais à mon avis Amalia se fichait bien de ce que les autres pouvaient dire, et sur la falaise elle rêvait, enivrée, à tout un monde imaginaire et à tout ce qui, selon elle, existait au-delà de la mer. Jusqu'au jour où elle tue l'âne.

« C'était un accident », m'a assuré ma grand-mère Luna, dans son français malhabile, son français encombré d'intonations italiennes, que j'ai toujours dans l'oreille et qui m'attendrit encore si j'y pense aujourd'hui.

En fait, ce qui s'est passé, c'est qu'un jour Amalia rêvait tellement qu'elle n'a plus du tout surveillé l'âne qui, parti gambader un peu trop loin sur la falaise, est tombé dans la mer. Où, bien entendu, il s'est noyé.

Longtemps, je n'ai eu de Tornavalo qu'une image paisible. Genre village méridional avec des tuiles rouges, des murs de pierres ocre prenant doucement le soleil, couleur de miel quand le soir tombe. Personne ne m'en avait pourtant rien dit, ni expliqué quoi que ce soit. Ma mère n'a probablement jamais eu la moindre idée de l'aspect que pouvait bien avoir Tornavalo, j'ai toujours eu l'impression qu'elle ne se posait aucune question là-dessus. Luna, après un passage éclair quand elle avait deux ans, n'y a plus remis les pieds. Quand j'étais petite, elles n'en parlaient jamais, en fait. On avait assez à faire dans cette vie-là. Personne n'a d'ailleurs eu l'idée d'organiser un voyage jusque là-bas. Même la ville de Bari, ni ma mère ni ses sœurs n'ont jamais daigné y aller, ne serait-ce que pour y passer des vacances. Je ne savais donc rien de la région des origines, forcément envahie de mystères, mais, je ne sais pourquoi, je l'avais peuplée d'images rassurantes, connues, imaginables : tuiles rouges, murs ocre, douceur du soir. C'est quand j'ai lu, bien plus tard, *Le Christ s'est arrêté à Eboli*, que j'ai commencé à me dire que le sud de l'Italie n'était peut-être pas un endroit aussi paradisiaque que cela, surtout au moment où mes arrière-grands-parents y vivaient. Il a fallu que j'ajuste mon regard, comme on règle une lunette, pour mesurer à quel point on m'avait peu parlé de notre étrange étrangeté. Et cela dit moi non plus, après tout ce temps, je ne suis jamais allée à Tornavalo.

À Tornavalo, Amalia est un personnage particulier. C'est plutôt un bon parti, dans une famille qui ne compte que des garçons à part elle. Elle n'a pas quinze ans que les matrones du village discutent déjà de qui elle doit épouser. Rien ne sera laissé au hasard, d'autant que ses frères et son père la surveillent jalousement comme si elle était un bijou précieux. Bien sûr, il n'a échappé à personne qu'Amalia rêve un peu beaucoup. Bon, elle a le temps de mûrir, de se ranger et, après tout, on a connu de bonnes épouses qui rêvaient elles aussi. Sauf qu'un jour, l'âne d'Amalia tombe dans la mer et se noie. Là, on commence à se dire que cette gamine est dangereuse. Parce que, laisser s'échapper un animal dont on a la garde, ça s'est déjà vu. Mais le jeter dans la mer…

Le père d'Amalia entre dans une rage terrible. Puisque c'est comme ça, elle ne sortira plus. Drôle de bonhomme que celui-là, à vrai dire, dont le prénom s'est perdu dans le temps. Un homme qui fait corps avec ses cinq fils, et n'adresse jamais la parole ou presque ni à sa femme ni à sa fille. Un patriarche, comme il y en avait encore à cette époque, mais sans la sagesse ni la magnanimité. Juste une brute qui se tue au travail. Que reste-t-il de cette famille ? Une photo que j'ai vue un jour chez Luna, quand elle était encore en vie, et qui a disparu depuis. À sa mort, j'ai cherché dans ses affaires, sans pouvoir mettre la main dessus. Sur cette photo, prise chez un photographe à Bari (qu'étaient-ils allés faire à Bari ?), ils ont tous revêtu leurs habits du dimanche. Au centre, assise sur une chaise de bois ouvragé, la mère d'Amalia, tout en noir évidemment, qui semble exténuée et regarde l'objectif d'un air terrorisé. Derrière elle, son mari, debout, entouré de leurs cinq fils. Il est massif, bombe le torse, et il est très beau, dans mon souvenir du moins. Les cinq garçons doivent avoir entre quinze et vingt-cinq ans, ils ressemblent à leur père, avec des yeux sombres très enfoncés, des mâchoires carrées, des cheveux épais et noirs qu'on imagine aplatis à grand-peine. Et devant, tout devant, debout contre sa mère, un peu appuyée à elle, une petite fille aux yeux noirs, mon arrière-grand-mère. Le regard qu'elle lance à l'objectif me cloue sur place, le jour où Luna me montre la photo. « C'est Amalia, me dit-elle. Ma mère. » J'étais moi-même encore petite. Je lui ai demandé pourquoi Amalia regardait l'objectif avec tellement de colère. Luna avait ri : « Je ne sais pas. Je pense que c'était la première fois qu'elle voyait un appareil photo. Mais tu as deviné juste, elle était souvent en colère. »

Ce qui est certain, c'est que dès le moment où son père l'enferme pour ainsi dire toute la journée, l'autorisant tout juste à faire quelques pas dans le village, mais lui interdisant de partir vagabonder par les chemins comme elle avait l'habitude de le faire derrière son âne, Amalia s'est arrêtée tout net de grandir. Voilà. Je ne suis pas sûre qu'elle se soit pour autant arrêtée de rêver. Au contraire. Il faut dire que les dons d'Amalia pour l'imagination commençaient quand même à inquiéter sa famille. Cette façon bizarre qu'elle avait de parler des oliviers. Bien entendu, à l'époque les gens devaient être encore imprégnés de toutes sortes de légendes médiévales, dans ce coin d'Italie. Je crois qu'ils pensaient par exemple que les morts toujours restent là au milieu des vivants, il arrivait même qu'on les rencontre, les femmes n'en démordaient pas. Il y avait aussi des saints locaux, plus ou moins officiels, et avec eux on pouvait carrément bavarder. Le merveilleux s'insinuait comme ça dans la réalité, certainement, mais enfin personne n'imaginait autant de choses bizarres qu'Amalia. Je vois bien sa mère ouvrant de grands yeux en s'apercevant que sa petite dernière se sent menacée par les champs d'oliviers. Que sa fille, qu'elle voulait douce et docile, échafaude toutes sortes d'histoires à propos de n'importe quoi, regardant le moindre rocher comme un monstre sur le point de la dévorer. Amalia avait même prétendu, au sujet d'un cousin qui avait disparu, avalé par la forêt — oui, cela aussi ça arrivait : les hommes partaient en forêt et n'en revenaient pas, ou des années plus tard, tellement changés que personne ne les reconnaissait, qu'on ne me demande pas pourquoi — elle avait prétendu qu'il était réapparu sous la forme d'un sanglier, elle en était sûre : il courait entre les oliviers et l'avait regardée, avec son air qu'il avait toujours. Amalia était bizarre, tout simplement. Il suffisait de la regarder se disputer avec les ronces pour se rendre compte qu'il y avait quand même quelque chose qui ne tournait pas rond chez cette gamine. Je ne sais pas si je peux raconter à Téo que mon arrière-grand-mère était de toute évidence totalement frappée. J'hésite. Bon, cela dit, à Tornavalo, je ne crois pas qu'on se soit formalisé plus que cela. Les fous, on vivait avec. D'ailleurs, à mon avis, ce que racontait cette petite, eh bien ils n'y prêtaient pas tellement attention. Après tout, c'était une fille. Tout au plus sa mère se signait-elle parfois, selon ce qu'inventait Amalia. Parce qu'elle voyait bien, elle, que ce qui surgissait de ses cauchemars éveillés n'avait rien de chrétien, que ce qui prenait forme soudain dans sa tête datait du temps où tout n'était que chaos. Mais qu'est-ce qu'elle y pouvait, finalement ?

Elle essayait juste de la ramener à un peu plus de raison, et histoire je suppose de la canaliser un peu lui racontait des légendes que de mère en fille on se transmettait là-bas. J'imagine les contes régionaux remplis de superstitions de toutes sortes, les passages de l'*Odyssée* qui, curieusement et sans que je m'explique pourquoi, circulaient dans ces villages perdus. Les femmes adoraient tout particulièrement l'histoire des sirènes qui, si tu vas sur la mer, t'attrapent par les pieds et t'entraînent dans les profondeurs. Dans ce dialecte lent qu'on parle là-bas, elles se délectaient de ce récit et ne se lassaient pas d'expliquer comment les sirènes, ces femmes fourbes, usent de leur voix envoûtante pour attirer les hommes innocents jusque dans leurs palais aquatiques et là, elles les dévorent jusqu'au dernier. Comme chacun sait, les grands fonds méditerranéens sont jonchés d'ossements. Ceux des marins imprudents qui se sont fait avoir par les sirènes.

Amalia, cette histoire la faisait plutôt marrer.

Elle n'y croyait tout simplement pas. Imaginer une sirène en train de grignoter le mollet d'un marin, voire de ronger le bout d'un tibia, nonchalamment allongée au creux d'une immense coquille Saint-Jacques, tout cela à ses yeux n'avait aucun sens. Elle savait bien que, si les femmes racontaient toujours cette légende, c'était surtout pour tenter de garder leurs maris auprès d'elles, de les empêcher d'approcher trop près du rivage, des fois que leur vienne l'envie de prendre la mer. Non, pour Amalia cette histoire de sirènes n'était qu'un amoncellement de balivernes. Elle, ce qu'elle aimait, c'était la légende de la femme de Loth. Petite, Amalia a demandé des dizaines de fois qu'on lui raconte cette histoire. Non pas celle de la ville maudite que le Seigneur s'était mis en tête de détruire, mais juste Loth et sa femme qui doivent quitter leur maison et partir sans se retourner. Mais la malheureuse femme de Loth — là les vieilles en racontant levaient les bras au ciel, effets de manche, regard noir — la malheureuse n'a pas écouté son mari qui lui disait de courir sans se retourner. Elle a voulu jeter un dernier regard sur l'endroit où elle était née, et alors, « le Seigneur l'a transformée en statue de sel ».

Amalia se régalait de cette dernière phrase. Durant des années, alors qu'elle suivait son âne par les chemins, mon arrière-grand-mère se racontera cette histoire à voix basse, changeant quelques détails, en inventant d'autres, fascinée par l'image de cette femme, figée pour l'éternité, qui sait où sur la terre.

Mais donc à Tornavalo, les années passant, on s'était plus ou moins habitué à la folie d'Amalia. Jusqu'au jour où elle tue son âne. À partir de ce moment-là, les gens du village, quand ils la croisent, évitent son regard. Parce qu'une drôle de rumeur commence à entourer Amalia. Une rumeur qui dit que cette petite, si tu la regardes dans les yeux, selon comment elle te fixe, eh bien tu vas tout droit à la falaise te jeter dans la mer et te noyer.

Une sorcière.

À mon avis, Stepan Iscenderini n'avait pas peur des sorcières. Ou peut-être n'a-t-il pas soupçonné qu'Amalia en fût une. Ou peut-être que cela lui disait, à lui, d'aller se promener en sa compagnie sur la falaise. Et probablement était-il prêt à plonger avec délices dans ses profondeurs à elle.

Ce qui est certain, c'est que lorsque Stepan Iscenderini est apparu, alors que le village s'était arrêté de respirer, Amalia Albanesi, mon arrière-grand-mère, a eu un grand soupir plein de satisfaction. Enfin un homme à la hauteur de ses rêves ! Et tant pis si elle devait se mettre sur la pointe des pieds pour lui arriver ne serait-ce qu'à l'épaule. Quant à lui, je ne sais pas ce qu'il fuyait quand il est arrivé à Tornavalo, j'ignore même si Amalia l'a su. Bon, je dirais que, s'il s'est pointé un midi dans ce trou perdu, c'est qu'il avait besoin de se mettre à l'abri, de se faire oublier, et quoi de mieux que les yeux d'Amalia pour disparaître ?

J'ai dû poser des questions à ma grand-mère Luna sur son père Stepan Iscenderini, mais je ne me souviens pas de ses réponses. Aujourd'hui que mon fils m'interroge, même si me reviennent en mémoire des histoires et des anecdotes, je ne sais plus si c'est Luna qui me les a racontées, ou ma mère, ou si je les ai inventées.

De Stepan Iscenderini, il y avait une photo chez Luna, qu'elle gardait dans sa boîte magique. Luna avait en effet une boîte magique. Tu l'ouvrais et te sautaient à la figure les errements de la famille, des documents italiens, des formulaires rédigés en grec qui avaient appartenu à mon grand-père Elias, l'attestation de naturalisation française, qu'on a redemandée à ma mère il n'y a pas longtemps pour refaire sa carte d'identité, et des photos. J'imagine que tout est chez ma mère aujourd'hui, à moins qu'elle n'ait pas tout conservé, il faudra que j'aille voir. Mais je me souviens de cette photo en noir et blanc de Stepan. Me frappent encore dans mon souvenir ses yeux et ses cheveux clairs. Des yeux qu'il a transmis à Luna, d'un beau vert délavé, transparent, et des cheveux qui étaient déjà presque tout blancs quand il est arrivé au village, alors que, de toute évidence, il n'avait pas trente ans.

D'où venait Stepan Iscenderini ? Je savais, confusément, qu'il n'était pas né en Italie. Ma mère au téléphone m'a grondée comme quand j'étais petite fille : « On te l'a dit cinquante fois, mais tu n'écoutes pas. Quand il est arrivé à Tornavalo, il venait de Turquie. » Soudain en effet ça me revient. Il ne s'appelait pas Iscenderini, il s'appelait Iskenderoglu. Iscenderini n'était qu'une adaptation destinée à lui permettre de passer inaperçu. « Et il faisait quoi en Turquie ? Et pourquoi a-t-il dû en partir ? » Ma mère ne répond pas, et parle d'autre chose. Je reviens sur le sujet. Ces conversations téléphoniques vont finir par me coûter les yeux de la tête. Je m'étonne que, pour un Turc, il ait un prénom pareil : Stepan. « Mais il n'était pas turc ! » s'indigne ma mère. Et comment ça, qu'est-ce qu'il était alors ? Ma mère dit qu'elle ne se souvient pas. Puis, prise de remords, me rappelle une heure après. On n'a jamais autant parlé en quarante ans. Elle m'explique : « Je ne sais pas exactement d'où il venait. Je crois que Luna m'avait dit qu'il avait traversé la mer Noire à la nage. Et son vrai nom, ce n'était pas Iskenderoglu, ça c'était juste le temps qu'il est resté à Istanbul. Son vrai nom c'était quelque chose comme Iskandar. »

Stepan Iskandar. Pourquoi pas, après tout ? Cela dit, au rythme où vont les choses, je me demande ce qu'elle va me sortir comme nouveauté.

C'est probablement la première chose qu'il lui a racontée, à Amalia. Dans un italien un peu étrange et lacunaire, quelques mots de dialecte qu'il avait attrapés à Bari avant d'arriver à Tornavalo, quelques mots d'une de ses langues à lui et beaucoup de gestes, il lui a expliqué qu'il avait traversé la mer Noire à la nage. Pas la Méditerranée, non, il avait ri. Pas cette mer-là, avait-il expliqué en montrant l'horizon. Une autre, là-bas, plus à l'est. Et Amalia l'a cru sur-le-champ, totalement, même si elle n'avait qu'une vague idée de ce que pouvait être la mer Noire. Et les villageois, eux, l'ont également cru sur parole. À partir de ce jour, Stepan Iscenderini, ou Iskenderoglu, ou Iskandar, comme on voudra, est devenu un personnage de légende.

J'ai envie de l'imaginer, elle, gamine emportée par ce grand jeune homme blond aux yeux verts. Elle a quatorze ou quinze ans tout au plus, alors ce garçon qui a traversé une mer à la nage, c'est exactement celui qu'il lui faut. Un homme à la hauteur de l'idée qu'elle se fait de la vie. Et qui sait, peut-être quelqu'un capable de comprendre qu'une fille regarde chaque champ d'oliviers comme une foule compacte de monstres grimaçants et que, pour cette seule raison, elle ait envie de fuir au-delà des mers — sans se retourner, cela va de soi. Après cette première conversation (et je n'essaie même pas d'expliquer comment un inconnu a pu aborder impunément une gamine du village, probablement ont-ils dû se cacher dès cette première fois, mais j'ai dans un coin de ma tête l'intuition que, alors qu'il cheminait dans les ruelles étroites, c'est elle qui l'a interpellé. Au mépris de tous les usages, simplement parce qu'elle avait deviné que c'était son avenir qui passait par là). Donc après cette première conversation elle avait décidé de l'épouser. Je dis bien elle, parce que je ne sais pas trop si, lui, il y a pensé tout de suite.

Et voilà que Stepan s'incruste au village. Il dort dans une grange, il aide les paysans, il fait son trou. On le craint, cet étranger blond qui débarque d'on ne sait où, d'autant que depuis la correction qu'il a infligée à de jeunes farauds qui comptaient l'impressionner, on ne s'y frotte plus. On espère qu'il ne va pas faire de vieux os ici. Après tout, s'il a été capable de traverser la mer Noire à la nage, il ne va pas s'arrêter en si bon chemin. Et pourtant il reste. Et cela dit, on ne se plaint pas de lui : il travaille et ne réclame rien.

Le village attend que quelque chose se passe et, de fait, il ne va pas être déçu.

J'ai demandé à ma mère : dis-moi, s'il a été capable tant de fois de changer de nom de famille, pourquoi n'a-t-il pas changé son prénom ? Stepan aurait pu devenir Stefano, et le tour était joué. Elle réfléchit : « Je crois que ça a été le cas. D'une façon ou d'une autre, il voulait passer inaperçu. Mais sa femme a continué à l'appeler Stepan. Peut-être que c'était important pour lui ? »

Un jour, c'est promis, j'irai à Tornavalo, je chercherai dans les registres de la mairie s'il reste une trace de ce Stefano ou Stepan Iskandar ou Iskenderoglu ou Iscenderini.

Au fond, qu'est-ce qu'elle avait en tête, Amalia, en jetant son dévolu sur le beau Stepan ? Elle voulait qu'il la transporte loin de Tornavalo et des oliviers qui menaçaient de l'emprisonner ? Qu'à lui tout seul il arrache toutes les ronces des chemins pour qu'elle puisse s'échapper ? Qu'ensemble ils traversent la Méditerranée à la nage ? Nul ne sait. J'imagine bien qu'il a promis tout ce qu'elle a voulu, en se disant que le temps la rendrait peut-être un jour raisonnable. Le fait est que, contrairement à ce qu'elle avait dû espérer, Tornavalo ils ne l'ont pas quitté tout de suite.

Et donc Stepan Iscenderini est resté, travaillant ici et là, et les villageois, si méfiants, se sont peu à peu habitués à lui. Personne encore n'a soupçonné que dans son sabir improbable il trouve toujours un moment dans la journée pour raconter à Amalia — où se cachent-ils ? j'imagine une grange abandonnée, un recoin juste au-dessous du village, d'où ils peuvent voir la mer — raconter à Amalia les rues d'Istanbul et les bords de la mer Noire. Je ne sais pas comment ils se sont débrouillés pour que leur manège ne soit pas repéré, mais un jour s'écrase sur le village la nouvelle la plus incroyable du siècle : Amalia Albanesi va épouser Stepan Iscenderini.

Je vois bien qu'elle avait raison, Amalia. Même s'il ne l'a pas emmenée au bout du monde, il était probablement le seul au village à être capable de la soustraire à ses cinq frères et à ses parents, le seul capable de tenir tête avec une fermeté tranquille et silencieuse à leur arrogance de faux notables et de paysans parvenus. En attendant, la nouvelle stupéfie tout le monde. Amalia, la fille chérie des Albanesi, propriétaires terriens en cours d'ascension sociale, va épouser ce vagabond dont on ne sait rien.

Maintenant que je réfléchis à toutes ces histoires, je me souviens que ma grand-mère Luna m'a effectivement, de temps en temps, parlé de ses parents. J'avais oublié. Je dois dire, même si à l'âge que j'ai aujourd'hui cela me surprend, je dois dire que le sujet m'intéressait peu. Je me souviens d'une fois où Luna m'avait raconté qu'elle savait parfaitement que cette union entre Amalia et Stepan avait fait scandale et que, des années après, les Albanesi s'en désolaient encore. Et j'avais demandé, en toute innocence, pourquoi les parents d'Amalia avaient accepté ce mariage. J'étais très jeune, et Luna avait eu un air vague, détaché, plein de candeur, pour me dire qu'elle n'en savait rien. Tu parles. Maintenant ça me paraît évident. Amalia était enceinte, tout simplement. Ils étaient bien obligés de la marier, et fissa en plus.

Le jour du mariage, les frères Albanesi tentent de présenter une figure lisse, de faire croire au village qu'ils n'ont pas fait une si mauvaise affaire avec le Stepan. Sur la place de l'église qui domine les collines et la mer, ils offrent à tous un repas gargantuesque, histoire en passant d'étaler leurs biens. Comme il se doit, le ban et l'arrière-ban des Albanesi, mais aussi tous les Battaglini, la famille de la mère d'Amalia, arrivent. Qui des collines, qui d'un port voisin, ils viennent assister à la fête, saluer les parents de la mariée, manger à s'exploser la panse, et surtout voir de leurs yeux à quoi ressemble ce jeune époux venu de la mer. On a tué des agneaux de lait, des poules, on a fabriqué des gnocchis et préparé des pâtisseries aux amandes. Que tout le monde se régale, c'est le père Albanesi qui paie, et qui se tient sans un mot au centre de la grande table, entouré de ses cinq fils. Amalia est radieuse, vêtue d'une robe ancienne dans laquelle sa propre grand-mère s'était mariée, et qu'on a raccourcie pour l'occasion. Elle pose, juchée sur un tabouret, aux côtés de son époux rasé de frais, devant le photographe ambulant qui, averti on ne sait comment, est carrément venu depuis Bari. Amalia se fiche totalement des regards en coin et des ricanements âpres des cousins âgés. Elle a réussi à l'attraper, son beau marin aux yeux verts, alors ils peuvent bien dire ce qu'ils veulent. Elle a quinze ans, tout juste, et ce qui lui fait le plus plaisir, c'est ce qu'elle voit dans la mine dépitée des autres filles du village. Plus d'une aimerait, au fond, être à sa place. Alors elle rit et regarde les gens bien en face, frondeuse, s'amusant d'autant plus qu'elle devine, aux visages qui se détournent furtivement, que sa réputation est toujours vivace. Les gens pensent encore que, cette fille-là, selon comment elle te fixe, tu vas te jeter du haut de la falaise.

Et c'est ainsi que, quelques mois plus tard, ma grand-mère Luna est née.

« Non, pas Luna, corrige ma mère au téléphone. Stepan et Amalia ont eu deux enfants avant elle. »

Ce qu'il y a de bien, dans cette famille, c'est qu'à n'importe quel âge on peut apprendre quelque chose de nouveau. Je suis sûre et certaine de n'avoir jamais entendu dire que deux enfants étaient nés avant Luna. Et donc il me faut les rajouter dans l'arbre généalogique familial. Deux petits garçons, il semblerait, que j'imagine en culotte courte et gros godillots, la mèche rebelle et le regard noir d'Amalia.

Les hommes promettent et les années passent. Amalia et Stepan ont déjà deux garçons, ils vivent dans deux pièces au fond de la maison des Albanesi. Il faut voir chaque soir la tête du père Albanesi et de ses cinq fils, obligés de partager leur repas avec la petite famille et surtout avec ce gendre et beau-frère qui parle à ses garçons dans un charabia qu'eux seuls comprennent. Le père Albanesi fulmine. Il a plusieurs fois, grand seigneur, proposé à Stepan de travailler avec eux à la ferme. Ce que celui-ci a prudemment refusé, parce qu'il ne veut pas être l'ouvrier agricole de sa belle-famille. Il a préféré faire le cantonnier, empierrer les chemins, brûler les ronces qui les encombrent, ce qui fait plutôt plaisir à sa femme, et se louer à la journée ici et là, pour quatre sous, ce qui a l'air de lui convenir. Si ça ne tenait qu'à lui, cette vie pourrait bien continuer éternellement, au fond il n'a besoin de rien. Je ne sais pas ce qu'il a fui, à quoi il a échappé, en fait je n'ai même pas envie de l'imaginer, mais je suis émue quand je constate que cette position de paria à Tornavalo, il l'a acceptée sans broncher, comme s'il ne pouvait espérer mieux, ou comme si, finalement, elle était bien plus agréable que ce qu'il avait vécu avant.

Mais Amalia s'impatiente, même si elle n'en dit rien. Le soir, quand ils se retrouvent seuls dans leur chambre, Stepan raconte : le marché d'Istanbul, le port du Pirée, les montagnes du Caucase. Elle ne sait pas combien de pays il a traversés et elle s'y perd un peu. « Et surtout, ajoute-t-il, surtout, si tu voyais le soleil se coucher sur Dubrovnik, là où les remparts de la ville tombent directement dans la mer. » Amalia écoute, rêve comme elle l'a toujours fait. Car que devient, quand elle se marie, une petite fille qui rêve ? Elle devient une épouse qui rêve, c'est aussi simple que cela. Alors Amalia échafaude en secret des plans tous plus fous les uns que les autres. Comme elle l'a toujours fait, mon arrière-grand-mère qui voyait des monstres dans les oliviers, ma minuscule arrière-grand-mère qui parcourait les collines en rêvant à tous les mondes qui se succèdent au-delà de la mer, qui avait tué un âne de ses mains, qui détestait la terre rouge de Tornavalo et adorait plus que tout l'histoire de la femme de Loth, mon arrière-grand-mère continue de rêver. Qu'y a-t-il, de l'autre côté de l'Adriatique ? Est-ce que les ports turcs et grecs ressemblent à Bari ? Doit-on forcément vieillir à l'endroit où on est venu au monde ? Je ne sais pas, et je ne saurai jamais, pourquoi mon arrière-grand-mère a toujours voulu s'en aller. Cela dit, pour l'instant elle serre les dents. Elle ne dit rien de ses projets à Stepan. J'ignore pourquoi, mais je ne la vois pas lui parler. Je la vois écouter. C'est comme ça que ça se passe entre eux, j'en suis certaine. Il parle, il raconte — Dubrovnik, Istanbul, Venise. Elle écoute, elle se tait, et elle rêve.

Et donc pour l'instant Amalia continue à travailler auprès de sa mère, comme avant, ne serait-ce que pour justifier que les Albanesi les logent et les nourrissent, mais elle a pris aussi du travail à façon, notamment des broderies pour les trousseaux des jeunes promises. Bien sûr, à Tornavalo comme ailleurs, toutes les filles cousent, brodent, filent. Elles rivalisent d'ingéniosité, dans une région où rien, finalement, ne leur permet de se distinguer les unes des autres. Mais, dans ces années-là, peu d'entre elles peuvent atteindre l'art d'Amalia, qui se révèle soudain capable de créer des broderies absolument magnifiques. Parce que Amalia était une artiste, depuis que je suis petite on me l'a assez dit et répété que je tenais d'elle, ce qui m'a toujours agacée. Comment je pourrais imaginer que le talent artistique se transmette ainsi par télépathie transgénérationnelle ? Je me souviens, quand j'ai réussi à monter ma première expo. Je venais d'obtenir une bourse du ministère, et j'avais déplacé des montagnes pour trouver un centre d'art qui accepte de montrer mes travaux. Évidemment, dans la famille personne n'avait levé le petit doigt pour me filer un coup de main, ou au moins me soutenir moralement, surtout pas ma mère qui ne s'était jamais intéressée à ce que je faisais. Et d'un coup, quand l'expo a été inaugurée et qu'on a commencé à en parler ici et là, alors ils n'avaient que ça à la bouche, dans ma famille maternelle : que je tenais tout de mon arrière-grand-mère Amalia. Mais franchement, quel rapport entre une folle complète qui brode des torchons au fond de son oliveraie et moi qui, à n'en pas douter, allais faire bouger les limites de l'art contemporain français ? Je vous le demande.

Cela dit, je ne sais pas comment Amalia a pu comme ça devenir l'excellente brodeuse qu'elle a sûrement été. Je ne comprends pas comment, du jour au lendemain, dans une lignée de paysans austères qui ne voyaient pas plus loin que le bout de leurs fourches, a pu surgir un tel talent. Parce qu'il ne faut évidemment pas me raconter que du côté du vieil Albanesi ou même chez les Battaglini il y en avait d'autres comme elle. Je n'y crois pas. C'est bien pour cela que, dès qu'elle se saisit d'une aiguille, Amalia stupéfie tout le monde. Mon arrière-grand-mère invente des morts qui surgissent de terre, des arbres qui hurlent silencieusement et des pays de cocagne qui prospèrent au-delà de l'Adriatique. Car, en plus de réussir des broderies d'une finesse exceptionnelle, Amalia a le don de créer des motifs très personnels, modernes selon les clientes enthousiastes, mais oui, car elle introduit toutes sortes de variations aux thèmes traditionnels. Des animaux fabuleux courent le long de ses frises, des monstres qui poursuivent de délicats papillons, des bateaux qui partent pour ne jamais revenir, des oiseaux qui tourbillonnent dans le vent.

Et bientôt elle se construit une petite réputation locale. Tout juste lui demande-t-on, parfois, de ne pas forcer sur les monstres quand elle brode des taies d'oreillers, pour ne pas influencer les rêves des jeunes mariés. Et peu à peu les commandes affluent des villages voisins, elle est connue presque jusqu'à Bari. Résultat : Amalia travaille tout le temps. Mon arrière-grand-mère a déjà compris qu'elle ne peut pas vraiment compter sur Stepan pour les grands projets qu'elle est en train d'édifier, parce qu'il s'est contenté d'échouer là où le vent l'a porté et, si elle n'y met pas du sien, dans dix ans ils seront encore coincés là avec Stepan qui chaque soir lui raconte Dubrovnik. Alors elle ne dit rien, mais amasse sou après sou. Jusqu'au jour où elle estime que tout cela a assez duré. L'horizon toujours identique de Tornavalo, le visage fermé de ses frères qui continuent à lui reprocher d'être sortie du droit chemin, les réflexions acerbes de sa mère. Alors, un soir elle pose une liasse de billets au milieu du grand lit conjugal, et devant un Stepan éberlué elle déclare : « On part. »

On part, on va ailleurs, recommencer, voir le soleil se coucher sur Dubrovnik, Athènes, Istanbul ou Moscou, peu importe. Combien d'émigrants se sont dit ça? Amalia ne laisse pas de choix à Stepan. Elle le cloue de son regard noir, alors qu'il bafouille, les mains levées en signe d'apaisement : d'accord, si tu veux, on s'en va. Ne t'en fais pas, on va trouver. Tout en se demandant probablement comment ils vont se débrouiller. Il sait combien il est compliqué et dangereux de partir comme ça, ce qu'Amalia ne soupçonne pas, elle qui n'est jamais sortie de Tornavalo. Et Stepan se dit aussi qu'après tout elle a raison, voilà c'est le moment, il ne va pas être cantonnier toute sa vie.

Tout est décidé en quelques jours. Amalia et Stepan remplissent une valise, rangent le reste de leurs affaires dans la grande armoire de leur chambre qu'ils ferment à clef, embrassent leurs deux fils en leur recommandant de toujours obéir aux grands-parents. Ils leur racontent avec assurance qu'ils les enverront chercher, le jour où ils seront établis quelque part. Les gamins n'y croient qu'à moitié, cachent mal leur désespoir, qu'importe, rien ne peut faire changer d'avis la minuscule Amalia qui, désinvolte, fait comme si elle ne voyait pas leur détresse, empoigne sa valise, son mari, ouvre la porte qui donne sur la rue et s'en va, en prenant bien soin de ne pas se retourner. Le vieil Albanesi n'a pas eu un mot pour eux.

Je regarde mon fils qui continue à faire ses devoirs avec la concentration qu'il met dans toute chose, son petit visage sérieux penché sur ses papiers, ses yeux plein d'intelligence, sa bouche ronde qui me rappelle Luna, et je me demande comment Amalia a pu abandonner ainsi ses deux petits garçons sans se retourner. « C'était l'époque qui voulait ça », justifie ma mère au téléphone. Comme toujours, elle s'empresse de défendre bec et ongles tout individu qui appartient de près ou de loin à la famille. Et ça, c'est bien une attitude qui m'énerve. On a de la chance de ne pas compter de criminels de guerre parmi la parentèle, ma mère serait capable de les excuser. Mais elle insiste : « Ils ne savaient pas où ils allaient. Comment veux-tu qu'ils embarquent leurs fils avec eux ? Et puis tu sais, dans ces années-là, ça se faisait de laisser ses enfants chez les grands-parents, à la campagne. On ne raisonnait pas comme aujourd'hui. Et puis, peut-être qu'ils pensaient sincèrement les récupérer. »

J'en doute.

C'est pendant que ma mère radote au téléphone que ça me revient. Je lui demande : « Mais donc, Luna, elle n'est pas née en Italie ? » Et ma mère m'a répondu comme si c'était scandaleux de ma part d'avoir posé une telle question. Depuis des années, c'est la même chose avec elle. Elle me reproche de tout oublier, de ne m'intéresser qu'à moi. Et je lui réponds toujours qu'elle ne me raconte jamais rien. Cela dit, là c'était elle qui avait raison, puisqu'elle m'a rappelé ce qui m'était totalement sorti de la tête. Non, Luna n'est pas née en Italie, mais à Alexandrie, en Égypte.

Luna est donc née à Alexandrie. En fait je ne sais pas, et ma mère n'a pas pu m'éclairer, je ne sais pas comment Amalia Albanesi et Stepan Iscenderini sont allés de Tornavalo à Alexandrie, et je sais encore moins pourquoi ils ont décidé de s'y installer. Ils auraient pu, comme des milliers de leurs compatriotes d'Italie du Sud à la même époque, rejoindre la France, ou les États-Unis, pour une fois ils auraient pu faire comme tout le monde. Enfin bon, les voilà à Alexandrie. Ce qui me semble évident c'est que, malgré tout ce qu'il racontait, Stepan a soigneusement évité de retourner dans les endroits où il était passé dans sa jeunesse. Ni le port du Pirée, ni les rues d'Istanbul et encore moins les remparts de Dubrovnik ou les montagnes du Caucase. Alors, va pour Alexandrie.

Amalia est enchantée par Alexandrie. J'imagine, bien entendu, que les premières semaines elle a été assez effrayée par le spectacle de la ville, riant, comme une gamine qu'elle est encore, riant derrière ses mains rassemblées, face à toute cette agitation qui l'ébahit, tandis qu'elle trottine derrière son beau Stepan. Il est très à l'aise, lui, les épaules comme élargies, transporté dans un univers à sa mesure, Stepan qui à Tornavalo s'ingéniait surtout à ne pas faire de bruit. Le voilà qui part dans les rues respirant d'aise, expliquant tout un tas de choses à Amalia qui n'en revient pas, le voilà se frottant les mains de satisfaction. Vraiment, il n'y a pas à dire, il a fait une bonne affaire en épousant Amalia.

En quelques semaines, ils s'installent. En quelques mois, ils sont établis. On rencontre pas mal d'Italiens à Alexandrie, ils ont tôt fait de tous les connaître, et de faire jouer à fond la solidarité nationale. Stepan a trouvé un travail. De quelle sorte ? Le détail s'est perdu. Je crois que c'était dans une boutique, peut-être a-t-on fait confiance à ses talents d'adaptabilité et à ses dons de polyglotte. Je ne sais pas ce qu'il pouvait bien vendre dans cette boutique. Ma mère non plus, et je ne me souviens pas que Luna en ait jamais parlé. Au fond, on ne m'a jamais dit ce que « faisait » Stepan. Que faisait-il avant d'arriver à Tornavalo ? Que savait-il faire de ses mains ? Tout cela est perdu, englouti par le temps. « Ah mais, me dit ma mère au téléphone, je crois qu'il faisait de la musique. » Première nouvelle. Et de quel instrument jouait-il donc ? Apparemment elle n'en sait rien. C'est juste un détail qui surgit un instant des limbes, flotte entre nous d'un combiné téléphonique à l'autre, le temps que j'imagine Stepan en train de poser un archet sur un violon, accrocher à son épaule la bretelle d'un accordéon, sortir de sa poche un petit harmonica qu'il secoue avant de le porter à sa bouche, et hop c'est fini l'image s'enfuit et le détail retourne dans les profondeurs où dorment les souvenirs qui ne sont plus là pour personne.

Amalia entre au service d'une couturière et se remet à broder. À Alexandrie, ma toute petite arrière-grand-mère a la sensation d'être enfin arrivée où elle voulait aller. Ce qui la rend heureuse, c'est qu'elle espère s'être débarrassée de la terre rouge de Tornavalo. Parfois, elle en fait des cauchemars : elle rêve qu'elle ouvre sa fenêtre et qu'alors s'engouffre une de ces bourrasques de feu qui étaient le lot des paysans là-bas. Cela dit, de temps en temps, quand elle déplie un drap ou soulève une pile de chemises, s'échappent quelques grains de poussière rouge. Elle secoue la tête, n'en parle pas à Stepan, se dépêche d'éparpiller tout ça, essayant de se persuader que, non, il ne s'agit pas de la poussière de Tornavalo, mais d'un peu de sable du désert que le vent a porté jusqu'à Alexandrie. Autrement plus magique, vous en conviendrez, que cette argile tenace qui s'incrustait partout.

Tant bien que mal, Amalia s'adapte à Alexandrie. Il n'est pas si difficile, finalement, de se faire une place dans cette ville. Ici et là, dans les familles qui ont une fille à marier, circule le prénom de ce minuscule bout de femme capable de produire de si fines broderies, si fines et si originales que les Italiens d'Alexandrie, mais aussi quelques dames anglaises, sont conquis. J'imagine bien mon Amalia, haute comme trois pommes, assise sur un tabouret au milieu de l'atelier de la vieille Mme Gina qui l'emploie, Amalia noyée sous des mètres de tissus au point qu'on ne la voit plus. Évidemment, elle travaille comme elle l'a toujours fait : nuit et jour. Et, comme elle l'a toujours vu dans sa courte vie, le travail finalement rapporte toujours, peu à peu, pour qui sait économiser. J'imagine aussi que, pour les hordes de miséreux qui l'entourent, pour la situation des Égyptiens de souche, Amalia n'a pas un regard. Rien ne l'intéresse hormis Stepan et elle-même, hormis ses économies qu'elle commence à entasser sou à sou. Elle voit déjà son Stepan, rangé des voitures, riche commerçant, Stepan qui a su la protéger des monstres de Tornavalo pourra sûrement se transformer en bourgeois prospère, voilà ce qu'elle se dit. Elle pense qu'ici son mari va se mettre au travail avec acharnement, quand au village il se contentait de se tenir coi, qu'ici, à Alexandrie, il va enfin se dévoiler. Pauvre Amalia, qui croyait que derrière chaque être vivant, fût-il un arbre ou un homme, se cachait un esprit digne d'un conte de fées, et qui s'imaginait qu'on pouvait transformer un marin errant en notable. Ne savait-elle pas que les marins sont faits pour partir, les jeunes hommes aux yeux verts pour vous échapper, et que le beau Stepan ne voulait pas de la vie sur mesure qu'elle était en train de lui broder ? Amalia n'avait rien prévu de tout cela. Elle pensait juste qu'en pleine ville, les monstres qui peuplaient son enfance n'étaient pas près de revenir, selon elle c'était suffisant. Et elle regardait tout d'un bon œil : sur les Anglais qui administraient l'Égypte à l'époque elle ne tarissait pas d'éloges, mais surtout, ce qui lui faisait plaisir, c'est qu'elle n'avait plus à suivre sa mère toute la journée, ni à subir le regard de ses frères sur elle.

Eux, ils peuvent bien continuer à retourner la terre à Tornavalo jusqu'à épuisement, elle s'en fiche bien. Elle est contente, Amalia. Stepan ne lui raconte plus les couchers de soleil sur Dubrovnik, mais elle ne s'inquiète pas. Pour elle, c'est tout vu : sa vie est ici. Alors voilà. Ils auraient pu vieillir ainsi, tous les deux, lui enfin fixé et travailleur, elle de gamine farouche devenue maîtresse de maison et couturière respectée, ne s'avisant plus jamais de jeter quoi que ce soit par-dessus une falaise. Sauf que rien ne s'est passé ainsi.

D'abord, la guerre de 14 a éclaté. Alexandrie était loin des champs de bataille, mais le bruit des canons s'est répandu jusque là-bas, et je crois bien que les frictions entre les Anglais et l'Empire ottoman ont eu des répercussions jusqu'en Égypte. En Italie, deux des frères d'Amalia ont été mobilisés. Sa famille lui a alors écrit des lettres désespérées, puis furieuses, pour qu'elle revienne avec Stepan, parce que l'exploitation familiale avait besoin de bras. Luna a paraît-il conservé longtemps une de ces lettres pleines de fiel et de fautes d'orthographe. Évidemment, Amalia a fait la sourde oreille, envoyant peut-être un peu d'argent, juste ce qu'il fallait pour les faire taire. Rentrer à Tornavalo ? Plutôt mourir. Et elle leur dit même, ma mère le tient de Luna, elle dit qu'elle leur a laissé deux fils, et qu'ils n'ont qu'à les faire travailler.

Ils n'ont qu'à les faire travailler. Je n'ai pas réussi à raconter ça à Téo. Je suis sortie fumer une cigarette sur la terrasse et regarder la plage. Il ne fait pas très beau et les vagues ont cette couleur métallique qui me surprend toujours. Je sais bien ce qui m'énerve, et ce qui m'empêche de raconter certains détails à mon fils. La vérité, c'est que je ne comprends pas comment j'ai pu sortir de cette lignée de femmes-là. Et je n'ai pas envie d'aller me jeter du haut de la falaise à cause d'elles.

Enfin bref, avec la guerre le commerce marche moyen, les élites alexandrines s'offrent un peu moins de broderies, Amalia et Stepan sont obligés de se serrer la ceinture et de revoir leurs plans. Parce que, depuis qu'ils sont à Alexandrie, Amalia fait des plans : elle calcule l'argent qu'ils auront dans un mois, puis dans un an, ce qu'ils pourront s'acheter et ce qu'ils pourront revendre, bref son cerveau bouillonne. Sauf que la guerre l'oblige à modifier ses prévisions, mais ce n'est pas grave, Amalia se lance dans les affaires avec les Anglais. Pleine de ressources, ma toute petite arrière-grand-mère va frapper à la porte de la résidence du gouverneur d'Alexandrie. Et toc.

Je ne sais pas ce qu'elle lui a raconté et personne ne le sait. C'est un épisode de la vie d'Amalia qui peut me faire rire, je suppose qu'elle ne parle pratiquement pas un mot d'anglais, alors je me dis qu'elle était drôlement débrouillarde. Mais, là encore, le fond de l'histoire s'est perdu. Je crois qu'en fait Amalia a eu l'idée de proposer des cours de broderie pour les filles du gouverneur, et même pour celles d'officiels qui gravitaient autour de lui.

Et ça a marché. Eux devaient y trouver leur compte, et j'imagine qu'il a suffi qu'Amalia montre son travail pour que tout le monde soit emballé. Elle, ça lui a permis de trouver une source de revenus supplémentaires et de traverser la guerre sans encombre. Je sais que ça m'embête un peu, mais il faut bien que je me rende à l'évidence. D'accord, Amalia était dingue, peut-être même un peu sorcière, et j'ignore combien de bourricots elle a tués dans sa vie, mais force est de constater que, pour une fille qui a affronté ses paysans de parents, elle garde une furieuse habitude de se comporter comme eux en tout. En particulier, elle ne s'était pas débarrassée de leur obsession : se mettre à l'abri, remplir son bas de laine, accumuler. Un vieux réflexe, je pense, qui leur venait du temps où ils ne mangeaient que des olives, et encore, les bonnes années. Elle était comme ça, Amalia. Folle peut-être, rêveuse sûrement, mais agrippée à la seule chose qui à ses yeux avait de la valeur : ses économies. Stépan, elle ne s'était jamais doutée qu'il puisse ne pas la suivre dans ses obsessions, tant elles lui paraissaient légitimes. Mais Amalia n'était qu'une gamine, et Stepan était baroudeur, voleur, marin, rescapé ou fugitif, je n'en sais rien, mais je sais qu'il n'est jamais devenu ce qu'elle avait pensé qu'il deviendrait.

Mon fils est venu me rejoindre sur la terrasse : « Et bien alors, qu'est-ce que tu fais? On n'a pas fini de remplir l'arbre de la maîtresse. » Il m'a prise par la main et on est retournés dans la cuisine, parce qu'il fallait maintenant que je lui raconte la naissance de Luna.

Donc ça ne marchait pas trop mal pour Stepan et Amalia, et c'est à ce moment-là qu'elle est tombée enceinte. Cette fois-ci, c'était bien de Luna, ma grand-mère, et au fond, je ne suis pas sûre que, pour Amalia, cette grossesse inattendue ait été une bonne nouvelle. La guerre n'était pas terminée, malgré ses efforts Stepan n'était pas devenu le riche commerçant dont elle rêvait, ses projets n'étaient pas encore réalisés totalement, et ils avaient déjà deux garçons dont ils ne savaient que faire. Non, pour Amalia du moins, j'imagine que cette grossesse était plutôt malvenue. Stepan, plus bohème qu'elle, s'est vite fait à l'idée d'un nouveau bébé, pourquoi pas après tout, de toute façon il était entendu que ce n'était pas lui qui s'en occuperait. Et en plus, c'est une fille, une magnifique petite fille.

Ma grand-mère.

Elle me l'avait raconté elle-même : Luna s'appelait Luna parce que Stepan l'avait décidé. C'était, avait-il affirmé à Amalia, le prénom de sa mère à lui. Amalia était sans doute étonnée lorsque surgissaient ainsi des bribes du passé de Stepan, mais elle les accueillait paraît-il avec plaisir. Alors va pour Luna, même si à ses oreilles ce prénom sonnera toujours un peu bizarrement, comme si ce n'était pas vraiment celui de sa fille. Je me souvenais aussi que Luna avait un second prénom, qui en fait n'en était pas un. Ma mère m'a confirmé tout cela au téléphone. « Oui, elle s'appelait Luna comme la mère de Stepan, c'est en tout cas ce qu'il a raconté à Amalia, qui le croyait toujours sur parole. Et elle s'appelait aussi Litica. Et ça, j'ai oublié. Ce n'est pas un prénom, j'en suis certaine, parce que Luna le disait. Ce n'est pas un prénom, mais Stepan y tenait. Et, entre nous, ce que ça signifie, franchement je ne sais plus et je ne crois pas que ce soit très important. »

C'est mon vieux copain Frédéric qui m'a donné la réponse un peu plus tard dans la matinée. Frédéric et moi on était en fac ensemble, à Marseille, je le connais depuis des années. Je ne sais pas comment on était devenus copains, tous les deux, et ce dès les premiers jours de cours. Moi, la rebelle sortie tout droit des quartiers nord, avec mon accent pas possible et mes manières de camionneur. Lui, le révolutionnaire romantique, dernier rejeton d'une famille d'intellectuels éclairés, Frédéric qui avait fréquenté le meilleur lycée de la ville. Si je ne sais pas comment on était devenus copains, en tout cas je me souviens qu'on était inséparables, toutes ces années-là. On pouvait parler des heures durant, on ne ratait aucune manif, mais on étudiait beaucoup aussi, lui l'histoire et moi les arts plastiques. Aujourd'hui, on se voit peu, il voyage tout le temps et moi j'habite loin, pourtant quand on se rencontre c'est toujours la même vieille amitié qui nous lie. Frédéric est devenu un spécialiste reconnu de l'Europe centrale et orientale, qu'il ausculte en historien scrupuleux. Alors je l'ai appelé sur son portable. Il était à Saint-Pétersbourg jusqu'à la fin du mois, puis animerait un colloque à Cracovie. En bruit de fond, j'entendais un carillon, comme seules en ont les églises orthodoxes. On percevait aussi tout un brouhaha, quelqu'un qui parlait fort à ses côtés. Il était dehors, m'a-t-il dit, et mangeait une brochette debout dans un square en attendant l'ouverture d'une bibliothèque. J'adore téléphoner à Frédéric, chaque fois j'ai l'impression de voyager à peu de frais grâce à lui. À ma question sur la signification du second prénom de ma grand-mère, Litica, il a éclaté de rire : « Tu m'en demandes trop, je ne suis pas polyglotte. » J'aime bien sa modestie, en fait il se débrouille dans presque toutes les langues slaves. On a discuté de choses et d'autres, il a promis de m'envoyer un courriel, de venir passer un week-end à la maison, et c'est quand je m'apprêtais à raccrocher qu'il s'est soudain écrié : « Ça y est, ça me revient ! Litica, je crois que ça veut dire falaise en serbo-croate. »

J'ai dit ça à mon fils qui a levé un sourcil, puis je lui ai proposé de me suivre dans l'atelier s'il voulait que je continue à lui raconter des histoires sur mon arrière-grand-mère Amalia. Je ne sais pas pourquoi, je n'arrive pas à peindre en sa présence, mais j'aime bien qu'on soit tous les deux dans l'atelier comme dans un cocon, qu'on discute à voix basse pendant que je range mes pinceaux, mes toiles, que je prépare mes couleurs ou nettoie ma table de travail. Il m'a suivie docilement avec ses papiers et ses crayons, et s'est installé devant le petit établi que j'ai construit pour lui. Il m'a dit : « Bon, alors ta grand-mère Luna est née. Et après ? »

Je n'ai d'abord pas répondu. À cause de ce stupide arbre généalogique à construire, je me pose des questions que je ne me suis jamais posées. Par exemple : quelle était la nationalité de Luna ? Italienne, bien sûr, comme sa mère, mais est-ce qu'elle avait une autre nationalité par son père ? « Mais non, a tranché ma mère au téléphone. On n'a d'ailleurs jamais réellement su quelle était la première nationalité de Stepan. Tu vois bien, à l'époque… Je crois qu'il y avait cette histoire de traversée de la mer Noire, sauf qu'il faudrait déjà être sûr que ce soit vrai. Et même dans ce cas-là, on ne pourrait pas deviner d'où il venait précisément. Il me semble aussi que Luna me parlait de Dubrovnik, mais pourquoi serait-il allé de Dubrovnik en Turquie ? Tu sais, on n'en parlait jamais. Je ne vois pas pourquoi tu m'appelles trois fois aujourd'hui pour me demander tout ça. » Et puis, sentencieuse comme à son habitude, elle m'a fait remarquer que, le plus bizarre, ce n'était pas tellement d'où venait Stepan, c'était où il était allé. Sur le moment, je n'ai pas bien écouté.

Mais donc voilà Luna qui naît à Alexandrie en 1917, un an avant la fin de la guerre. Et c'est un superbe bébé qui a les yeux verts de son père.

De toutes les filles de Luna, ma mère et ses sœurs, aucune n'a hérité, malheureusement, des yeux verts de Stepan. Je me souviens bien de ceux de Luna, presque transparents. Toutes ses filles ont eu les yeux noirs d'Amalia, avec ce regard qui te cloue sur place quand il ne t'envoie pas te jeter de la falaise. Moi, j'ai les bêtes yeux marron de mon père. Quand j'attendais Téo, j'avais l'espoir que réapparaîtrait, tant de générations après, le regard d'eau de Stepan. Mais Téo a les yeux gris de son père. Et c'est très bien comme ça.

À Alexandrie en 1917, tout le monde s'extasie sur ce bébé aux yeux verts, et c'est bien la seule chose qui fait plaisir à Amalia. Elle compte ses sous, s'organise, trouve une nourrice. Ainsi peut-elle très vite retourner à ses affaires.

L'argent, Stepan ne s'y est jamais intéressé. Peut-être même que sa femme l'ennuie, après tout. De plus en plus souvent, il passe ses journées loin de la maison, croise à peine Amalia, qui s'en fiche tant elle est débordée. Elle peut bien s'agiter, lui, il est déjà ailleurs. D'autant qu'il ne partage en rien les stratégies qu'elle tente de mettre sur pied. Parce que l'obsession d'Amalia, à part amasser des sous, c'est se faire une place dans le quartier européen d'Alexandrie. Toujours futée, elle se dit que, si sa fille doit grandir dans ce milieu de colons, autant essayer de travailler le relationnel. Alors elle tisse tout un réseau dans la communauté des Italiens d'Alexandrie, du moins avec ceux qui, à ses yeux, méritent d'être fréquentés. Et, bien entendu, elle rêve déjà du beau mariage qu'elle saura organiser pour Luna, de la robe blanche qu'elle brodera de ses mains. Stepan se fiche bien de tout cela. Faire partie des colons, fricoter avec les Anglais ? Il ne dit rien, mais se tient prudemment à l'écart. Parce qu'il ne faut pas se leurrer : cette vie n'est pas la sienne.

Et c'est pourquoi tout s'arrête un jour. En 1919, une année après la fin de la guerre, Amalia rentre à Tornavalo, seule avec la petite Luna qui parle à peine.

Sur ce qu'est devenu Stepan en 1919, je me creuse la tête depuis ce matin, rassemblant le peu qu'ont pu m'en dire Luna ou ma mère ici et là. Apparemment, Luna a longtemps cru que son père était mort cette année-là, avant de s'apercevoir que c'était faux. Moi, je me demandais pourquoi Amalia était rentrée à Tornavalo, au lieu de rester à Alexandrie. J'étais sûre d'avoir, une ou deux fois, interrogé ma grand-mère et ma mère, mais j'avais oublié leurs réponses. Luna n'aimait pas parler de cette période de sa vie, dont elle n'avait pourtant aucun souvenir, elle n'avait pas deux ans quand son père a disparu. Je ne sais pas pourquoi, j'étais persuadée qu'on m'avait parlé de Sarajevo, qu'on m'avait dit qu'il était allé à Sarajevo, à moins que ce ne soit Skopje, ou Istanbul. Istanbul, pour le plaisir de se faire appeler Iskenderoglu ? Sarajevo ça m'aurait plu, c'était plus romantique, Skopje plus mystérieux, mais pourquoi pas, tant qu'on y était, Erevan ou Thessalonique ? J'ai aujourd'hui l'impression que, comme pour Amalia quand elle l'avait rencontré à quinze ans, le nom de Stepan Iscenderini a toujours remué chez moi des envies de voyage, de paysages et de villes, sans qu'il soit important que tout cela ait un sens, un fond de vérité, ou pas. Mais apparemment, je n'avais rien compris, ou j'avais tout inventé, et tout à l'heure, au téléphone, ma mère m'a livré une version inédite de l'aventure : « Je te signale, a-t-elle asséné d'un ton acide, qu'il est parti en 1919, et que juste avant il s'était passé des choses importantes dans le monde. » Oui, j'étais au courant, la Première Guerre mondiale, pour qui me prenait-elle ? Elle a ri avec mépris. « Qui te parle de la guerre ? Tu n'y es pas du tout. Tu n'as donc jamais entendu parler de la révolution russe, toi, avec tes grandes idées soi-disant de gauche ? Octobre 1917, ça ne te dit rien ? » Et, au fur et à mesure qu'elle racontait, se dessinait une histoire bien différente de celle que j'avais imaginée. Parce que la vie de petit commerçant à Alexandrie, Stepan en avait soupé. En cette fin de guerre, l'appelait soudain une aventure à sa mesure. Faire de l'argent n'avait jamais été pour lui un but en soi, c'était plutôt une idée d'Amalia. Alors soudain, il s'est mis à prêter beaucoup d'attention à cette révolution dont on commençait à entendre parler, mois après mois. L'idée de participer à ça, la construction d'un monde nouveau, voilà quel était son destin. Il lui fallait partir là-bas. C'est ce qu'il a décidé. Bon, j'étais quand même perplexe. Comment avait-il pu abandonner sa femme et sa fille comme ça, sans remords ? Pourquoi ne les avait-il pas emmenées avec lui ? Au téléphone, j'ai bien senti que la question ennuyait ma mère. Elle a un peu hésité, en tout cas il me semble, puis elle a dit : « Écoute, ce n'est pas aussi simple. En fait, Amalia a refusé tout net de le suivre. Quand elle a su quelles idées étaient en train de passionner son mari, elle l'a mis à la porte. » Alors j'ai tenté de reconstituer tout ça. La guerre est finie, l'argent recommence à entrer dans la petite affaire de broderie d'Amalia, qui dans le quartier européen d'Alexandrie s'est fait une place et compte ses sous. Et soudain son mari lui annonce que voilà, il y a eu une révolution en Russie, que là-bas tous les hommes vont être égaux, que l'on va construire tout un tas de choses, et que ça lui plaît bien comme idée. En plus il le connaît, ce pays, alors maintenant que les tsars n'y sont plus… Et donc il dit : ils vont tous les trois aller s'installer à Moscou, ou Petrograd, en fait où elle voudra, mais vraiment c'est décidé, il faut qu'ils y aillent. Amalia le regarde, se demande un instant s'il plaisante, constate que ce n'est pas le cas, et en un éclair prend sa décision. Il n'a qu'à partir, mais seul. Jamais elle ne le suivra dans ce pays de sauvages. Et qu'importe si elle ne verra pas à ses côtés le soleil se coucher sur Dubrovnik ou Moscou. Et bien sûr, il est hors de question qu'il emmène sa fille avec lui. Luna n'ira pas là-bas.

Stepan la connaissait bien, son Amalia. N'empêche qu'il a été soufflé par sa détermination. Je ne crois pas qu'il ait tenté de la convaincre. Je crois qu'il a pris ses affaires et qu'il est parti. Sûrement a-t-il tenu une dernière fois, tout contre lui, sa petite fille aux yeux verts, et puis voilà. Il y a des jours où il faut choisir ce que l'on veut. Ma mère évidemment tente d'affadir tout ça : « Mais non, en fait il comptait peut-être revenir. Ou bien lui avait-elle laissé entendre qu'un jour elle le rejoindrait. Et puis on ne sait probablement pas tout, tu vois, Stepan ne devait pas être quelqu'un de facile à vivre. Amalia non plus, tu vas me dire. Le fait est qu'il n'est jamais réapparu et qu'Amalia n'a plus jamais eu de ses nouvelles. Et elle est retournée à Tornavalo. »

Voilà. L'exotique Stepan, qui voulait changer le monde, sortait de notre histoire.

J'ai quand même demandé à ma mère : « Mais

personne n'a plus jamais entendu parler de lui ? Personne ne sait ce qu'il est devenu ? » Eh bien non. Personne. Il a disparu.

Maintenant, je commence à comprendre pourquoi Amalia a quitté Alexandrie. On devait jaser dans le quartier européen, et Amalia n'aimait pas ça. Autant s'en retourner chez elle, c'est ce qu'elle a dû penser, et elle devait avoir suffisamment d'économies pour envisager de rentrer en Italie.

Et pourtant, rien ne s'est passé comme elle l'avait prévu. Parce que Tornavalo, elle en est repartie en courant.

Elle s'imaginait quoi, en retournant là-bas? Moi, je la vois bien, après des jours de voyage, sautant du chariot qui, depuis Bari, l'a conduite jusqu'à Tornavalo. Elle se retourne et fait descendre Luna. Quand elles ont débarqué à Bari, elles ont pris une chambre dans une auberge, le temps de trouver un moyen de transport pour Tornavalo. Ce qui n'était pas si simple car, en plus de sa fille, Amalia avait emporté tout ce qu'elle avait pu sauver d'Alexandrie, son matériel de couture bien sûr, quelques meubles, sa vaisselle ainsi qu'un inattendu et encombrant narguilé qu'elle a paraît-il gardé toute sa vie. À Bari elle s'est faite belle, elle a soigneusement coiffé et habillé sa petite fille. Mais, après une journée dans la poussière rouge des chemins, une journée à se battre contre les ronces qui lancent leurs ramures à l'assaut des voyageurs, lorsqu'elles arrivent sur la place de l'église, à Tornavalo, leur apparence ne doit pas être des plus reluisantes. Amalia saute à terre, regarde autour d'elle et constate que, comme elle l'avait prévu, pas un seul élément du décor n'a changé. Elle observe les gens rassemblés là, mystérieusement prévenus de son arrivée, et un immense sentiment de découragement l'envahit. Je suis sûre qu'à cet instant, alors qu'elle regarde, désespérée, la fine poudre rouge qui s'est déposée sur ses vêtements et ceux de sa fille, alors qu'elle sent cette poussière maudite lui irriter la gorge, je suis sûre qu'elle a déjà compris qu'elle a fait une erreur en revenant ici.

Mais pour le moment il faut sauver les apparences. Amalia salue toutes ses anciennes amies qui l'accueillent d'un sourire méchant — « Tiens, ton mari n'est pas venu ? ». Elle garde la tête haute, pour donner le change joue avec les superbes boucles d'oreilles qu'elle a ramenées d'Égypte et, promettant de rendre visite à chacune, s'éclipse vers la ferme de ses parents — « C'est pour eux que je suis là » — tout en ayant bien noté qu'ils ne se sont pas, et aucun de ses frères d'ailleurs, déplacés pour l'accueillir.

On ne doit jamais retourner d'où l'on vient, Amalia s'en rend compte. Elle est dans la cuisine chez ses parents, sa fille sur les genoux, à qui on a donné une tartine de je-ne-sais-quoi. Amalia regarde dans le vide, et peu à peu son visage se fait de pierre. À peine lui a-t-on laissé le temps de voir ses garçons, qui ont bien grandi. Soi-disant qu'il y a du travail pour eux qui n'attend pas. Elle gardera en mémoire leurs yeux noirs inquiets et leurs sourires timides. Pour l'heure, sa mère tourne dans la cuisine en chuchotant rageusement : quelle idée a-t-on de se retrouver sans mari ? Et pourquoi revenir ? Et où étais-tu quand on avait besoin de toi ? Et si tu comptes reprendre tes garçons, tu te trompes.

Encore une fois, Amalia prend une décision dans la minute. Elle rétorque que, d'accord, elle laisse ses garçons et d'ailleurs elle s'en fiche bien. Elle est juste venue chercher sa dot. Sa mère tout d'abord s'étrangle de rage, mais Amalia ne bouge pas. Elle explique la même chose à son père, le vieil Albanesi désormais perclus de rhumatismes, vraiment vieux. Évidemment, il refuse de lui donner le moindre sou. Elle n'avait qu'à rester ici plutôt que de courir les mers. « Très bien, répond Amalia. Et je vais par le village répandre la nouvelle, dans le village et même jusqu'à Bari, raconter que vous êtes tellement ruinés et endettés que vous ne pouvez pas me donner ce qui me revient. »

Il peut bien hurler, son paysan de père, il sait

qu'elle a gagné. Aussi, il se dépêche de faire établir devant le maire de Tornavalo une donation de deux hectares d'oliviers et dix moutons. Tout ce qu'elle veut, pourvu qu'il ne la revoie plus. Deux hectares d'oliviers et dix moutons, qu'elle revend dans l'heure à ses frères, et basta. Elle dit au revoir à ses fils, encore une fois, mais à ce moment-là ils sont sûrs qu'ils ne la reverront jamais. Elle attrape Luna et remonte sur le chariot qui l'attend depuis le matin. Ses affaires n'ont même pas été déballées. Elle quitte sans regret ce village de fous, direction Bari. Alors que le chariot redescend les collines peuplées de ces oliviers qui lui faisaient si peur lorsqu'elle était enfant, Amalia a tenu la tête de sa fille contre sa poitrine, lui couvrant soigneusement les yeux de ses mains, en répétant : « Ne regarde pas, c'est inutile. De toute façon nous ne reviendrons plus. » Et c'est là, j'imagine, que pour la première fois elle a raconté à Luna l'histoire de la femme de Loth, cette malheureuse qui s'était retournée pour voir une toute dernière fois son village natal. Et Amalia en chuchotant à l'oreille de la petite Luna regardait droit devant elle les collines qui descendaient dans la plaine et la mer un peu plus loin. Probablement se disait-elle : voilà, c'est comme ça, et maintenant c'est là-bas que je vais habiter.

À Bari.

J'imagine qu'à Bari, à l'époque, d'après ce que Luna a pu m'en dire, ou du moins, d'après ce que j'en ai retenu, il doit être relativement facile de se faire oublier. La ville est accrochée à la mer et en ce temps-là, comme depuis toujours, y vivent des gens du cru mais aussi des Grecs, des Albanais, des Turcs, des Dalmates. Alors, une femme débarquée de nulle part avec sa petite fille, finalement personne n'y prête trop attention, et c'est exactement ce qui convient à Amalia. Tout le monde s'entasse à l'intérieur des remparts, alors Amalia décide de s'y planquer aussi. On a depuis peu construit, juste à côté, une ville nouvelle aux larges avenues, genre boulevards haussmanniens à la sauce méditerranéenne, qui fait la fierté de la bourgeoisie de ce sud extrême, laquelle espère bien que Bari un jour concurrencera Naples, mais Amalia n'a vraiment pas les moyens de s'y installer, et d'ailleurs elle s'en méfie un peu. Elle trouve donc un logement dans la vieille ville, au début d'une ruelle qui débouche directement sur les remparts. Si on grimpe sur le toit de la maison d'Amalia, on voit la mer. « La mer est immense », s'extasie chaque jour la petite Luna. « Elle commence au pied des remparts, mais qui sait où elle se termine ? » À cet âge-là, Luna croit que la jetée aménagée sur le front de mer fait tout le tour de la Méditerranée. Amalia doit lui expliquer que non, à certains endroits il y a des falaises, et pas de routes.

Je sais, parce qu'elle me l'avait dit, que depuis cette enfance passée sur les remparts de la vieille ville de Bari, Luna adorait la mer. Je ne comprends pas bien pourquoi, ma grand-mère a toujours considéré que grandir au bord de l'eau, et en particulier au bord de la Méditerranée, dans la vie c'était une super chance. Je me demande d'où elle a pu tirer une telle certitude, qui me semble à moi totalement saugrenue. En attendant, il faut que je tente de l'imaginer là-bas, ma Luna qui grandit comme elle peut, au bord de l'eau. Amalia parfois la laisse jouer dehors avec les autres petites filles, ou l'autorise à grimper sur le toit de la maison. Luna alors regarde l'Adriatique pendant des heures. Parfois la mer est démontée, et semble vouloir prendre d'assaut les remparts. Parfois elle est étale, et les barques de pêche alors peu à peu s'éparpillent dans la rade de Bari. Luna regarde, et peut-être songe, dès ces années-là, qu'un jour elle pourra sortir de cette vieille ville qui lui semble, à elle, fermée comme un tombeau.

À Bari, le premier souci d'Amalia, c'est de s'acheter une respectabilité. Je ne sais pas trop comment, mais à l'époque ce n'était peut-être pas si difficile que cela, elle se fait fabriquer un faux certificat de décès de son mari. Voilà. Parce que dans les années 20, en Italie du Sud, mieux vaut pour une femme être veuve qu'abandonnée. Alors elle l'a son papier, qui transforme officiellement Stepan en un mari mort et enterré, et bien fait pour lui. Un papier qui explique que Luna, pendant des années, a cru à cette histoire. À mon avis, Luna ne s'est d'ailleurs jamais vraiment remise du jour où sa mère lui a dit que, ah mais non pas du tout, Stepan n'était pas mort mais sûrement bien vivant quelque part au-delà de la mer Noire, en train de travailler à l'édification du socialisme. Je me demanderai toute ma vie pourquoi les femmes de ma famille ont le don de vous sortir des trucs incroyables dans les moments où vous vous y attendez le moins.

Enfin donc, au début des années 20, Amalia est une veuve rigide qui tient d'une main de fer un atelier de confection de broderies et dentelles, qu'elle n'a eu aucune difficulté à ouvrir avec ses économies ramenées d'Alexandrie et son héritage de Tornavalo. Elle s'habille de noir et la seule folie qu'elle s'accorde est la paire de boucles d'oreilles anciennes qu'elle a ramenée d'Égypte. Luna va à l'école chez les bonnes sœurs, et toutes deux vivent au-dessus de l'atelier, dans un truc qui ferait se pâmer les touristes aujourd'hui : un appartement aux persiennes ajourées toujours croisées pour préserver la fraîcheur, avec des parquets craquants et des murs blanchis à la chaux. Dans la pénombre des pièces, on distingue les meubles en bois sombre, les tentures brodées et les bouquets de fleurs séchées qui attendent qu'on vienne les ranimer. Parfois, la vie peut prendre la couleur des fleurs séchées, mais Amalia ne se plaint pas. Elle travaille, comme elle l'a toujours fait, du matin au soir, sans qu'un cheveu ne s'échappe de son foulard. Elle ne s'en sort pas si mal, toute seule à Bari. A-t-elle perdu sa faculté de rêver ? Se souvient-elle qu'à l'âge de Luna elle déambulait derrière un âne deux fois plus grand qu'elle, dans un paysage interminable et désolé, en pensant à toutes sortes de mondes inconnus ? Est-ce qu'il lui arrive, si d'aventure elle se promène sur le port de Bari, de regarder la mer et de se dire que là-bas, juste de l'autre côté de l'Adriatique, le soleil se couche sur

Dubrovnik? Ce qui est certain, c'est qu'elle construit pour sa fille une vie qui n'a rien à voir avec son enfance à elle. Pas de grands espaces pour Luna, hormis la mer qui est inaccessible, mais la vieille ville de Bari aux rues imbriquées et étouffantes, et un appartement d'où on ne s'échappe pas. Jamais Amalia ne pense à ses fils, devenus paysans comme ses frères. Parce que dans une vie comme la sienne jamais on ne peut revenir sur ses pas, réparer quelque chose, changer une décision, pardonner et consoler, s'expliquer, ni même regretter quoi que ce soit.

Une chose chagrine et effraie Amalia. Quand elle fait le ménage, elle retrouve parfois dans le coin des pièces, ici ou là, quelques grains de terre rouge, une infime parcelle de Tornavalo qui l'a poursuivie. Les premiers temps de son installation à Bari, elle s'était persuadée que ce n'était qu'un peu de poussière qu'elles avaient emportée sur leurs vêtements et leurs affaires, le jour de leur expédition éclair au village. D'ici peu, à condition de balayer régulièrement, tout cela disparaîtrait.

Des années après, Amalia s'était fait une raison. La terre de Tornavalo ne disparaîtrait jamais, il y en aurait toujours, où que l'on porte son regard. Elle avait cessé de lutter, se contentant de jeter aux ordures, d'éparpiller dans la rue, ces grains de poussière qu'elle recueillait soigneusement avec son balai. Elle expliquait alors à Luna que, voilà, c'était comme ça, cette terre rouge qui s'infiltre partout tu ne t'en débarrasses pas comme tu veux. Et Luna n'avait posé aucune question, docile comme à son habitude, se demandant juste à quoi pouvait bien ressembler un village que la terre recouvre année après année, un village où les gens ne peuvent ouvrir la bouche sans s'étouffer avec cette poussière qui est celle de leurs ancêtres.

Cela dit Amalia s'est vite habituée à Bari, à son grand plaisir elle y retrouvait un peu de l'agitation qui l'avait tant surprise à Alexandrie. Elle aimait bien le front de mer, le marché aux poissons où les hommes vendaient des poulpes et où on croisait, parmi les ménagères, des marins qui faisaient escale. A-t-elle jamais cherché, dans leurs visages vieillis trop vite, celui de Stepan qui, par miracle, serait ainsi revenu ? Je ne crois pas mais, après tout, nul ne sait si, au fond d'elle-même, Amalia n'a pas toujours attendu le retour du beau Stepan dans les Pouilles.

Ce qu'Amalia détestait à Bari c'était les mouettes, allez savoir pourquoi. Parfois, elles emplissaient le ciel de la vieille ville en un vol hurlant. Amalia fermait alors ses fenêtres et pestait en dialecte. Lorsque avec Luna elle se promenait les soirs d'été sur le front de mer, elle pouvait les voir de loin, rassemblées au bout de la digue, ou flottant paresseusement sur l'eau. Si l'une d'elles, plus téméraire, venait se poser sur la berge, Amalia en passant la chassait d'un cri rageur en faisant de grands gestes, ce qui paraît-il amusait énormément les badauds et écrasait Luna de honte. Amalia n'a jamais raconté à sa fille ce qu'elle voyait dans ces grands oiseaux, ni pourquoi elle en avait tellement peur. Avait-elle la sensation que des fantômes venaient la narguer, comme le cousin qui était réapparu sous la forme d'un sanglier ? Mystère.

Toute sa vie, Luna aura toujours un petit frisson d'effroi en parlant de Bari et de la vie qu'elle y menait, seule avec sa mère. Amalia ne faisait que travailler, et parlait peu. Mais, cela dit, c'est vrai que parfois elle se laissait aller. Amalia n'était tout de même pas devenue du jour au lendemain une mégère engoncée dans ses robes noires, bien sûr que j'ai tort de la réduire à ça. Il y avait des moments, assez rares il est vrai, où pour quelque temps elle redevenait la petite fille qui rêvait trop lorsqu'elle cheminait le long des sentiers, là-bas dans les collines qui entouraient Tornavalo. Lorsque Luna était assise dans un baquet d'eau savonneuse, le dimanche, et qu'Amalia, qui pour une fois avait du temps devant elle, peignait ses longs cheveux blonds. Il est arrivé quelquefois que, dans ces moments-là, Amalia se mette à raconter. Luna écoutait sans un mot, les genoux ramassés dans ses bras. Amalia, bien entendu, racontait l'histoire de la femme de Loth. Avec le temps, la légende s'était modifiée, enrichie de mille détails pittoresques, qui d'ailleurs variaient à chaque fois. « Et alors son mari lui a dit de se dépêcher et de courir sans se retourner. » Mais la femme de Loth est épuisée et, un instant, s'appuie au tronc d'un olivier avant de, discrètement, se retourner pour jeter un dernier coup d'œil au village qui l'a vue naître. Ah, la malheureuse! Son mari l'avait pourtant prévenue! « Et voilà que, dans l'instant, le Seigneur l'a changée en statue de sel. »

Luna écoutait en ouvrant de grands yeux et posait parfois une question : « Il y avait donc des oliviers? » Et Amalia décrivait sans se lasser, le petit village en haut de la colline — ce qui était pratique parce que pour s'enfuir Loth et sa femme n'avaient qu'à courir dans le sens de la pente jusqu'à la mer — la terre rouge, les oliviers centenaires, Loth et sa femme emportés dans une course folle.

Un jour, paraît-il, alors que Luna en toute innocence s'était au catéchisme mise à raconter cette histoire dans la version très personnelle de sa mère, le curé avait sur-le-champ convoqué Amalia. Dans la petite église nichée au fond d'une impasse à l'intérieur des remparts, il avait tenté de la sermonner. La nef était presque vide, sombre et silencieuse, et dans cette paix sereine qui émanait du lieu il avait essayé d'expliquer le plus calmement possible à Amalia que l'histoire de la femme de Loth ne ressemblait pas du tout à ce qu'elle racontait. Si le Seigneur appréciait certainement qu'elle prenne soin d'élever sa fille dans la religion et de l'initier aux enseignements du Livre, assurément Il devait considérer que transformer ainsi les Écritures était un péché. Amalia, sans daigner prononcer un seul mot, l'avait alors foudroyé d'un tel regard que le brave curé s'était paraît-il agrippé des deux mains au confessionnal pour résister à l'envie d'aller se jeter la tête la première du haut des remparts. Après cela, il n'avait plus jamais cru bon de convoquer Amalia ni même de lui adresser la parole, se contentant d'accueillir Luna au catéchisme sans faire d'histoires, Luna qui d'ailleurs était toujours sage comme une image. Mais le dimanche à la messe il surveillait Amalia du coin de l'œil, Amalia qui venait sous son nez agiter ses boucles d'oreilles ramenées de chez les infidèles, et le pauvre curé au désespoir se disait en soupirant que, pour lui, un Milanais, ce n'était donc pas suffisant que le clergé l'ait nommé dans ce pays de fous furieux où il avait affaire à des paroissiens parlant à peu près toutes les langues et tous les dialectes mais se montrant incapables de lui répondre dans un italien un tant soit peu articulé. Il fallait encore que, comme mise à l'épreuve, le Seigneur lui envoie une sorcière parmi ses ouailles.

Quand Amalia ne racontait pas à sa fille l'histoire de la femme de Loth, il est arrivé de temps en temps qu'elle se mette à décrire le Tornavalo de son enfance. La grande bâtisse familiale et les repas avec ses frères, son père qui ne posait jamais les yeux sur elle, sa mère qui ne disait jamais rien. Elle racontait les ronces qui envahissaient les chemins, les oliviers qui partaient à l'assaut des collines et dont, quand elle était petite, elle avait tellement peur. Elle racontait les brebis dans les granges et les murets de pierres sèches le long des champs. Le sentier qui menait à la falaise et l'âne un jour qui a sauté. Dans ces moments-là, Amalia redevenait pour un instant la petite fille qu'elle avait été, rêvant du monde entier sans avoir jamais quitté ses collines. Et même, mais alors vraiment rarement, Amalia parlait du jour où Stepan Iscenderini était arrivé à Tornavalo, le jour où le village s'était arrêté de respirer. « Si tu l'avais vu, ton père, il était tellement beau. » Pour Amalia, le meilleur souvenir de sa vie aura toujours eu finalement le visage d'un grand garçon blond aux yeux verts, qui par un jour de canicule remonte à pas de loup les ruelles étroites de Tornavalo.

Par contre, dans la tête d'Amalia, il est hors de question que Luna tombe dans le même panneau. Pas de beau marin débarquant de nulle part pour sa fille, non, jamais de la vie. Luna fera un beau mariage. D'ailleurs c'est elle, sa mère, qui brodera la robe. Et Luna épousera un jeune homme comme il faut, ni paysan ni marin, voilà. Un commerçant, pourquoi pas. Après tout, Luna est si jolie. Luna, docile, ne contredisait pas sa mère. Tout au plus murmurait-elle qu'elle aurait bien aimé épouser un pêcheur. Depuis toute petite, elle aimait les voir réparer leurs filets, nettoyer les poissons et frapper les poulpes sur les pierres du front de mer, avec ces gestes qui sont encore, j'imagine, les leurs aujourd'hui, et qui étaient déjà les mêmes lorsque Bari était sous domination grecque. Luna imaginait qu'un jour peut-être ils auraient l'idée d'accrocher bout à bout tous leurs filets et de les étirer pour relier les deux rives de l'Adriatique. Et ainsi, les bras tendus comme une funambule, elle pourrait marcher dessus et s'enfuir de la vieille ville de Bari. Amalia se dépêchait de mettre fin à ses rêves. Mais non ma fille, lui disait-elle. Tu n'épouseras pas un pêcheur : « Ils sont bien pauvres, et ils meurent trop vite, à aller tout le temps sur la mer. Non ma fille je te le dis, c'est moi qui choisirai ton mari et je sais déjà comment il sera. »

Mais c'était sans compter avec Elias, mon futur grand-père.

Elias arrivait de Malte. Là encore, c'est compliqué. Je vais tenter d'expliquer ça à mon petit garçon, mais je sais que moi-même j'ai mis beaucoup de temps à tout retenir. La mère d'Elias, Elena, était née dans une famille grecque d'Istanbul. Le père d'Elias était un chrétien libanais. La famille d'Elena vivait à Istanbul depuis des lustres et ses parents menaient sans histoires leur petite vie d'artisans, ils avaient un atelier de couture. Une vie sans histoires jusqu'au génocide arménien. En théorie, ils n'étaient pas concernés. Après tout, ce qui opposait les Turcs et les Arméniens ne les regardait pas. Voilà ce qu'ils ont dû se dire lorsque les massacres ont commencé. Sauf que, quand de jeunes miliciens hystériques sont venus attaquer leur voisin de palier à coups de hache, ils ont sauté dans le premier bateau trouvé dans le port d'Istanbul. Ils auraient pu aller à Athènes, bien entendu, ou à Thessalonique, je crois qu'ils y avaient de la famille sans que je me souvienne pourquoi ni comment. Mais ce fut Malte, par un pur hasard.

Alors va pour Malte.

Le père d'Elena, à Malte, fait ce qu'il a toujours fait : il coud des chemises. Et la vie recommence. Il met sa fille sous clef, comme il se doit. Les Méditerranéens mettent toujours leurs filles sous clef, comme si elles risquaient de partir en courant, de s'envoler, je ne sais pas. Et, très peu de temps après, il la marie à Joseph, un Libanais qu'il vient d'embaucher dans son minuscule atelier de confection, un Libanais venu à Malte pour une raison inconnue après je ne sais quels tours et détours. Pourquoi Joseph avait-il quitté le Liban ? Ma mère l'ignore. Elle ne pense pas qu'à l'époque il y ait eu des persécutions ou quoi que ce soit, mais au fond, elle n'en sait rien. Moi non plus d'ailleurs. Bon, dans ce genre d'histoire, il y en a toujours un qui se jette dans la Méditerranée et nage à contre-courant. Joseph a eu cette envie, il semble. Ou peut-être a-t-il pensé que la fortune lui sourirait plus volontiers n'importe où sur terre plutôt qu'à Beyrouth. Ou peut-être que l'arrière-pays libanais, avec ses collines couvertes d'orangers, eh bien il l'avait assez vu. Le fait est que Joseph arrive à La Valette, qu'il se fait embaucher par le père d'Elena, et hop voilà le mariage est conclu. Je me demande si Elena et lui s'étaient seulement déjà parlé.

Elena est douce et discrète, Joseph débonnaire et revenu de tout. Il emmène Elena au Liban, peu après leur mariage, dans une sorte de voyage de noces. Selon Elias, Elena en a gardé pour toujours un souvenir ébloui. Comme il faut joindre l'utile à l'agréable, le voyage avait aussi un but commercial, il s'agissait pour Joseph d'aller chercher des tissus et une machine à coudre pour son beau-père, mais bien sûr son objectif premier était de présenter Elena à sa famille. Elena, qui depuis le départ d'Istanbul n'avait jamais quitté Malte, était enchantée par l'excursion. La traversée en bateau inaugurait les premières vacances de sa vie. Puis il y avait eu le port de Beyrouth et, très vite, un périple dans l'arrière-pays pour rencontrer la famille de Joseph.

Les parents de Joseph sont des propriétaires terriens qui ont longtemps ramassé des olives et gardé des brebis, comme tout le monde en Méditerranée, mais qui depuis quelque temps se sont mis à la culture des oranges, ce dont ils ne sont pas peu fiers. La colline est tant couverte d'orangers qu'au printemps, paraît-il, d'après ce qu'Elena a raconté à son fils Elias qui l'a dit à sa fille, ma mère donc, qui me l'a répété, qu'au printemps elle exhale un parfum délicieux.

En haut de la colline, se dresse la maison construite par le grand-père de Joseph et, si je me souviens bien, payée en grande partie par un cousin qui a émigré aux États-Unis. Elena n'a jamais vu un domaine agricole, et ce qu'elle découvre — les plantations d'orangers, le chemin qui serpente, le grand air et le chant des oiseaux — ce qu'elle découvre ressemble en tout point à l'idée qu'elle se fait du paradis. Sur le seuil de la grande maison, elle est accueillie par la mère de Joseph, qui l'embrasse en pleurant mais ne manque pas de la jauger d'un œil perplexe et de la trouver définitivement trop maigre. Derrière elle, se tiennent les sœurs de Joseph, soupçonneuses jusqu'au bout des ongles. Alors qu'on entre dans la maison, apparaissent des gamins, neveux et nièces, cousins et cousines. Au salon, trône le père, superbe, qui accueille sa bru en grand seigneur, mais le sourcil froncé. Sont là aussi les frères de Joseph, chaleureux avec lui, mais n'ayant pas un regard pour cette belle-sœur venue de Malte, quand eux se sont contentés d'épouser ce que leur père leur a sommé d'épouser. Elena la timide sent bien le malaise qu'elle apporte dans cette famille, et elle sait d'où il vient : pour se marier, Joseph a dû renoncer à la foi maronite, qui est celle de ses ancêtres depuis des siècles. Il s'est fait orthodoxe, comme les parents d'Elena l'ont exigé. J'imagine que sa famille n'est pas seulement peinée de ce reniement, mais qu'elle a carrément peur des foudres divines. De plus, tous savent, parce que Joseph le leur a imprudemment écrit, qu'Elena n'a jamais vécu qu'en ville, à Istanbul d'abord puis à La Valette. Et cela les inquiète bien plus que la religion orthodoxe, eux qui ne descendent de leurs collines que pour suivre quelques années de collège — et encore, cela ne concerne que certains des garçons — ou pour aller une fois ou deux par an faire des achats ou rendre visite aux cousins de Beyrouth. Alors ils regardent avec méfiance cette jeune et jolie épouse qui leur arrive de si loin. Ce qui me frappe, c'est qu'il me semble que cette famille est l'exacte réplique des Albanesi de Tornavalo. Le même genre de paysans obstinés et travailleurs, qui vivent à quelques encablures de la mer mais, Dieu sait pourquoi, n'y ont jamais trempé ne serait-ce qu'un orteil.

Elena, passé les premières heures où elle a tenté quelques sourires polis à ses belles-sœurs, avec qui bien sûr elle n'a aucun moyen de communiquer puisqu'elles ne parlent pas la même langue, se tiendra le reste du séjour muette comme une carpe, posée par son mari dans un coin du jardin.

De là, on voit s'étendre les champs d'orangers, alors que tout au fond brille la Méditerranée. Elena se dit qu'elle resterait bien toute sa vie ici, sans bouger de ce jardin qui embaume, mais alors elle serait pour toujours celle qui vient d'ailleurs, aussi vaut-il mieux qu'ils retournent à La Valette le plus vite possible.

Dans la journée, Joseph est très occupé, voilà pourquoi il abandonne des heures entières sa jeune épouse au fond du jardin. Entre ses frères, ses beaux-frères, ses cousins, il ne sait où donner de la tête. Il voit bien l'isolement dans lequel se trouve Elena, mais il serait inconvenant qu'il délaisse les hommes de la famille pour s'occuper d'elle. Cela dit, alors qu'il arpente les collines pour qu'on lui montre les nouvelles plantations, alors qu'il rend des visites de courtoisie à d'innombrables voisins ou qu'il fume en buvant du thé enfermé au salon avec son père, à chaque heure du jour il pense à la nuit qui l'attend, il pense au moment où il va enfin retrouver sa femme. Dans la petite chambre sous les combles qu'on leur a préparée, ils laissent la fenêtre ouverte et écoutent dans la pénombre le bruissement des milliers d'insectes qui peuplent la colline. Joseph parle à Elena de son enfance, au temps où ses frères n'étaient encore que de petits garçons bagarreurs qui couraient dans tous les sens. Elena écoute, tente d'imaginer ça, une enfance dans la campagne libanaise, et s'endort dans le parfum des fleurs d'oranger. De toute leur vie, personne n'a, ne serait-ce qu'une fois, entendu Elena et Joseph se disputer.

J'ignore combien de temps Elena et Joseph sont restés au Liban. En tout cas, ils sont restés juste assez longtemps, et ce sera leur grand bonheur, pour concevoir leur premier enfant, mon grand-père Elias, qui toujours aimera le parfum de la fleur d'oranger sans vraiment savoir pourquoi.

Quand j'ai été un peu grande, il m'est arrivé de poser des questions, à ma mère ou à Luna, sur Elena et Joseph, la famille libanaise et la famille grecque d'Istanbul installée à Malte.

Un jour, je le lui ai dit, à ma mère. J'avais vingt ans. À vingt ans, Marseille commençait à me sortir par les yeux et, à ma grande honte aujourd'hui, quand je parlais des Méditerranéens je disais « vous, les Méditerranéens », comme si je n'en faisais plus partie, comme si je pensais me sortir de tout cela par la seule force de ma volonté. Donc, un jour, j'ai dit à ma mère : « Mais quand même, c'était pas un peu bizarre que le père d'Elena donne comme ça sa fille à un Libanais tout juste descendu du bateau ? Il me semblait que chez vous, les Méditerranéens, on se marie plutôt à l'intérieur des communautés. » Ma mère avait répondu : « Mais non, la preuve. Et puis tu imagines Malte, à l'époque. » Non, en fait, je n'avais pas envie d'imaginer Malte à l'époque. Je l'avais un peu cuisinée. Elle me faisait remarquer que Joseph avait accepté de changer de religion, comme si c'était là l'essentiel. Et puis, au bout d'un certain temps et — bien entendu — au moment où je m'y attendais le moins, elle avait fini par lâcher : « Cela dit, ils devaient être tellement contents de trouver à la marier… »

J'ai mis du temps à comprendre. Je mets toujours du temps à comprendre. C'est le problème avec moi. En fait, ce que j'ai réalisé bien plus tard, c'est que la timide Elena, à Malte, passait pour être un peu dérangée.

J'essaie aujourd'hui de me représenter calmement tout ça, mais je ne raconte pas à mon fils. J'essaie d'imaginer ce que c'est, d'enjamber le corps de son voisin arménien décapité, quand on est encore quasiment une gamine. J'essaie d'imaginer la fuite dans l'escalier, j'essaie d'imaginer le port d'Istanbul qui s'éloigne à reculons alors que la famille y était établie depuis des générations. Et puis voilà s'en aller, pourquoi pas

Malte après tout ? Mais comment on construit une vie, après ? Et je vois Elena embarquée dans cette folie.

La vérité c'est que, depuis, Elena pleurait. À Malte, elle ne faisait rien d'autre, dans la maison de son père, la jolie Elena, que pleurer à longueur de jour. Elle pleurait tant que le port de La Valette n'aurait pu à lui tout seul contenir toutes les larmes d'Elena, Elena qui pleurait sur son enfance, sur Istanbul, sur la Méditerranée, sur tous ces bateaux que la mer déposait ici et là dans les ports.

J'explique à Jon, venu nous rejoindre dans l'atelier après son footing, qu'à La Valette, on ne devait pas bien comprendre Elena. À mon avis, personne n'avait l'habitude de pleurer sur son sort. Ce devait même être assez mal vu. Depuis le temps que tous ces gens s'arrachaient à un sol pour se retrouver sur un autre, je suppose qu'ils avaient fini par ravaler leurs larmes, retrousser leurs manches et s'organiser pour la survie. Alors, la jolie Elena qui, dans l'atelier de son père, était capable de remplir des bassines entières de larmes, au point que toutes les chemises qu'elle cousait étaient trempées, évidemment à La Valette, on a vite pensé qu'elle n'avait pas toute sa tête. De ce fait là, aucune mère n'en aurait voulu pour son fils.

Et puis Joseph était arrivé de son Liban natal, Joseph le sauveur, Joseph le bienveillant, Joseph le sans-le-sou. Et Joseph, le jour où il a vu pour la première fois la jolie Elena, s'est dit que lui, les larmes d'Elena, eh bien il allait se faire un plaisir de les lécher une à une.

Bref. Au bout de quelques semaines, le voyage au Liban se termine. Elena et Joseph rentrent à Malte, alors qu'Elena est déjà enceinte. À La Valette, Joseph se met au travail sérieusement, vu qu'il est désormais quasiment l'associé de son beau-père. Joseph est encore jeune, pas forcément très imaginatif, mais plein de bonne volonté. Il semblerait qu'il ait fait quelques études à Beyrouth, cela dit, je ne vois pas lesquelles, et à mon avis, ce qu'on appelait études dans ce milieu et à cette époque-là devait se résumer à quelques années de collège, genre chez les jésuites, et bien malin celui qui pourra m'en dire plus. Ce qui est certain, c'est qu'il est vraiment amoureux d'Elena, sa discrète épouse, et que ça lui est bien égal, à lui, si elle trempe les chemises qu'elle coud tant elle pleure. Mes arrière-grands-parents vivent donc à Malte une vie sans histoires, tailleurs de leur état dans cette petite société méditerranéenne qui, je ne sais pourquoi, m'émeut. Je demande à Jon : « Tu peux me dire à quoi ressemblait Malte dans les années 10 et 20 du XXᵉ siècle ? » Jon sourit. Il ne connaît pas grand-chose de cette histoire familiale que je brasse aujourd'hui, je me rends compte que je ne lui en ai presque rien dit. Il sait que je suis méditerranéenne, en gros c'est tout, et ça lui suffit. Je crois qu'il trouve tout cela très exotique, sans plus. Jon est raisonnable, carré, réservé, il pose peu de questions. Résultat, je ne lui raconte jamais rien.

Téo est allé chercher un atlas pour voir où se trouvait Malte, puis il est sorti jouer sur la terrasse. Il se perd un peu dans mon roman familial que, je l'avoue, j'ai tant de mal à reconstruire. Par exemple : en quelle année mon grand-père Elias est-il né ? En 16 ou 17, il me semble. Il faudra que je demande à ma mère. En tout cas, ce qui est certain, c'est qu'il naît exactement neuf mois après le voyage de noces de ses parents. Joseph s'empresse de faire photographier son petit garçon, dont il est très fier, et il écrit à sa famille. Voilà, il a un héritier. Il en aura d'autres d'ailleurs, même si j'ai du mal à me souvenir du nombre des frères et sœurs d'Elias. « Quatre, me dit ma mère au téléphone. Dont un que j'ai vu à Marseille quand j'étais petite. Il partait pour les États-Unis, et on n'a plus jamais eu de nouvelles. Les autres sont peut-être toujours à Malte, enfin j'imagine qu'ils sont morts. De toute façon, Elias était en froid avec eux. Je n'ai jamais su pourquoi. » Moi non plus.

De l'enfance d'Elias, on ignore tout, hormis qu'il travaille très bien à l'école, ce qui lui vaut de recevoir un quelconque premier prix quand il a une dizaine d'années. On s'en souvient parce que, selon la légende, Joseph, son père, lui a fabriqué un costume tout exprès pour l'occasion. Joseph qui se frotte les mains : avec un fils aîné tel qu'Elias, l'atelier ne peut que prospérer.

Elias s'avère pourtant être un piètre tailleur. Les machines à coudre l'ennuient, la moindre bobine de fil lui fait horreur. Joseph a beau le promener à travers l'atelier, en lui expliquant toutes sortes de choses sur le métier, Elias ronchonne. Lui, il préfère les livres. Il va, paraît-il, se planquer loin des regards familiaux, des après-midi entiers au bout de la digue qui ferme le port de La Valette. Assis sur le dernier rocher, il dévore des romans. Non, pas des romans, là c'est moi qui rêve. Elias n'a jamais lu que des encyclopédies, des dictionnaires et des traités. Elena, quant à elle, voue un véritable culte à son fils aîné si doué. Très tôt on se fait à l'idée, dans cette famille, qu'il faut qu'Elias quitte Malte pour partir étudier. Joseph pense l'envoyer à Beyrouth, évidemment, mais Elena n'est pas d'accord. Pour la première fois de sa vie, elle tient tête à son mari. Leur fils doit aller étudier à Athènes, c'est beaucoup mieux. Et Joseph lui cède.

Je nettoie mes pinceaux et je réfléchis. À l'époque, Malte est administrée par les Anglais. Comment se fait-il qu'ils n'aient pas eu l'idée de l'envoyer à Londres ? Il devait bien y avoir un système de bourse, quelque chose. Et même, avec l'atelier, ils auraient peut-être pu lui payer le voyage. Apparemment, ils n'y ont tout simplement pas pensé. Je demande à Jon : « Quand crois-tu que les Méditerranéens ont fini par comprendre que le monde ne tournait plus autour d'eux ? »

Ce sera donc Athènes. Sauf que l'université d'Athènes, Elias n'y a passé que six mois. Pourquoi ? Mystère. Elias était très jeune, en bon surdoué il avait franchi les étapes scolaires à toute allure et ne devait avoir que seize ou dix-sept ans quand il est arrivé à Athènes. Il était censé suivre des cours dans une école de commerce — bien entendu, son père l'imaginait déjà en train de vendre les chemises familiales partout dans le bassin méditerranéen. En fait, l'école de commerce d'Athènes, apparemment Elias n'y a même pas mis les pieds. C'est le premier désaccord de sa vie avec ses parents. Quand il arrive à Athènes, il suit des cours de philosophie. Mais il ne reste pas. Est-ce que Joseph l'oblige à rentrer à Malte, s'étant rendu compte que son fils chéri ne fait absolument pas ce qui était prévu ? Il me semble avoir un jour entendu une autre histoire, je ne sais plus trop, comme quoi Elias aurait été expulsé de Grèce pour avoir participé à l'organisation d'une manifestation violente. Parce que la grande passion d'Elias, c'est la politique. À Athènes, il a eu le temps d'assister à des réunions, de rencontrer des groupes d'étudiants militants. Il ne lui a pas fallu beaucoup de temps, à Elias, pour comprendre le monde dans lequel il vivait et pour s'engager. Dès ces années-là, il a choisi son camp : il est anarchiste. Il rentre donc d'Athènes avec dans ses valises toutes sortes d'ouvrages qui feraient pâlir sa mère si elle songeait à y jeter un coup d'œil. Et, à peine revenu à Malte, il annonce à ses parents une nouvelle qui les assomme. Elias n'a plus l'intention d'étudier le commerce, mais plus du tout, d'ailleurs il ne l'a jamais eue. Il veut voyager. Il ne leur avoue tout de même pas qu'il compte aller, de port en port, expliquer aux foules que les exploiteurs devront un jour payer et que la révolution est pour demain.

Je me suis souvent demandé comment Elias, fils de petits artisans maltais sans histoires, était devenu anarchiste. « Il était tellement intelligent », répond invariablement ma mère si j'essaie de la questionner là-dessus. Comme si tous ceux qui ne sont pas anarchistes étaient forcément moins intelligents qu'Elias. Comme s'il était un modèle, alors que ni elle ni mon père n'ont jamais été anarchistes, mais elle n'est pas à une contradiction près. En fait, comme toujours, ma mère ne tarit pas d'éloges quand il s'agit de parler de son père. Elle ne tarit pas d'éloges, mais elle ne m'apprend rien.

Comment décrire Elias à cet âge-là? Disons qu'il est solide, bronzé toute l'année, qu'il a des cheveux noirs en bataille et des yeux dorés, simplement dorés. Il est surtout déterminé et il a décidé de quitter Malte. Parce que de toute façon, qu'est-ce qu'il aurait bien pu y faire, Elias, à Malte, entre une mère qui pleurait goutte à goutte de quoi remplir la Méditerranée et un père qui se contentait d'avaler ses larmes une à une comme si de rien n'était? Alors, pas de doute. Il faut partir, il faut s'instruire. Aller voir Carthage, Syracuse, Venise et, bien entendu, les remparts de Dubrovnik. Mais quand il annonce à ses parents que, voilà, il irait volontiers faire un tour sur la mer, et peut-être, pourquoi pas, trouver un travail ailleurs,

Joseph, son père, se tord les mains : « Mais Elias mon fils, du travail ici tu en as. Et que deviendra l'atelier si tu t'en vas ? » Inutile de préciser qu'Elena est en train de faire monter le niveau des eaux dans le port de La Valette. Elias s'énerve, rabroue son père qui n'est là que pour s'inquiéter, et qui trouve que son fils a attrapé de bien drôles de manières depuis qu'il est allé fréquenter Dieu sait quels voyous à Athènes. Elias s'emporte : « L'atelier ! » Il s'agit bien de l'atelier ! La Méditerranée est là, à deux pas, on la voit depuis les fenêtres. Elle est là qui depuis toujours attend les garçons courageux prêts à se séparer de leurs parents. « Et puis, assène-t-il soudain. Toi aussi tu as quitté le Liban quand tu étais jeune. »

Joseph n'a pas répondu. Qu'est-ce qu'il aurait pu répondre ? Il n'a jamais raconté à son fils que parfois la nuit, tant d'années après, il rêve encore des orangers en fleur sur les collines et de ses frères, enfants, qui se bagarrent et courent dans tous les sens, là-bas dans le jardin de leur père.

Le père et le fils finissent par trouver un compromis. Je crois, et le détail me fait rire, qu'Elias accepte de prendre avec lui une malle de chemises pour tenter de les vendre au-delà de Malte. Quoique, le costume de voyageur de commerce est probablement une excellente couverture pour qui veut aller semer la révolution autour de la Méditerranée.

Alors voilà, Joseph et Elena se sont résignés. Ils accompagnent leur fils au bateau. D'accord Elias, tu t'en vas. Après tout, cela ne te fera pas forcément de mal de voir du pays. D'accord Elias, tu t'en vas. Mais tu dois être un bon garçon et promettre de revenir bientôt. Et même si Elias a promis tout ce qu'on lui a demandé de promettre, il n'est jamais revenu.

C'est comme ça qu'un beau matin Elias se retrouve sur un bateau. Il est très déterminé. Il sait que, partout en Europe, les choses bougent, et il ne veut pas rater le grand soir. Il lit Marx, mais surtout Bakounine, et j'aimerais tant aujourd'hui mettre la main sur ses livres, qu'il a dû semer et perdre au long de son périple.

Il peut arriver que l'avenir prenne les traits d'un jeune homme aux cheveux en bataille et aux yeux dorés. Luna, dix-sept ans tout juste, aperçoit un jour Elias sur le front de mer de Bari, là où, le soir, riches et pauvres se promènent.

Lui aussi, il l'a vue. Comment aurait-il pu ne pas la voir ? Une blonde diaphane, avec de grands yeux verts noyés, à Bari c'était plutôt surprenant. Luna cheminait sagement derrière sa mère, sa minuscule, minuscule mère, Amalia tout de noir vêtue souriant à des connaissances. Et Luna effacée, discrète et bien élevée, qui un jour lève les yeux pour découvrir ébahie, à dix pas d'elle, le bel Elias, mon futur grand-père.

Sûr qu'il présentait bien, Elias, à l'époque. Je l'ai vu sur des photos. Dans le genre rebelle ténébreux, avec des épaules carrées et des cheveux qu'il ne semble pas capable de dompter. Il a surtout des yeux qui semblent enfermer toute la souffrance et la colère du monde, ou toute la Méditerranée, c'est pareil.

Je me souviens qu'elle m'en a parlé, Luna, de ce jour où elle a vu Elias pour la première fois. Tu sais ton grand-père, avait-elle dit, il avait une telle allure que, quand il était là avec un groupe de jeunes gens occupés à discuter et refaire le monde, on ne voyait que lui.

Parce que Elias était un leader. Un vrai. Passionné de politique comme pouvaient l'être les étudiants à l'époque. En Italie, les fascistes étaient au pouvoir depuis déjà un bout de temps, et le régime se faisait de plus en plus autoritaire avec les années. Alors, à Bari, Elias tente de passer inaperçu, mais fait sensation. Juste avant, il est passé par Dubrovnik, où il a croisé des Russes, Trieste, où il s'est acoquiné avec les ouvriers des chantiers navals, Istanbul, où il a acheté une valise de livres. Là, je me demande pourquoi il est à Bari. Envoyé par une obscure organisation pour fomenter la révolte dans le sud de l'Italie ? Ou bien sa venue est-elle le fruit du hasard ? Je ne saurai jamais. Ce qui est certain, c'est que c'est dangereux, de faire de la politique en Italie. Il faut être prudent, mais il tente de discuter révolution avec des jeunes, des professeurs, des ouvriers, et un jour il voit Luna sur le port.

Jusqu'alors, il n'avait pensé qu'à cela, la révolution. II avait lu tous les livres, et en arpentant ce petit coin de Méditerranée, il s'était convaincu que tout était possible et qu'on pourrait probablement fédérer tous les mouvements anarchistes de Tunis à Beyrouth en passant par l'Italie et l'Albanie. Il se voyait bien rentrant à Malte dans l'approbation générale, tel un chef guerrier de l'Antiquité, se retirant dans son île une fois sa tâche accomplie : recréer une Mare nostrum libérée des forces capitalistes. Il n'avait pas songé qu'une femme puisse être utile à ses plans, et encore moins à sa vie. Mais un jour, il a vu Luna.

Il a vu Luna et il s'est dit qu'après tout, s'il se faisait discret, il pourrait peut-être rester quelque temps à Bari.

Ma mère m'a dit un jour : « Tu comprends, Luna à l'époque n'était jamais sortie de chez elle. Elle était allée un peu à l'école, mais pas tellement, tu imagines la vie des filles dans les Pouilles en ce temps-là ! En tout cas elle savait lire et écrire, et paraît-il qu'elle lisait beaucoup. À part ça, les quelques garçons qu'elle avait l'occasion de croiser étaient des fils de petits commerçants qu'Amalia lui destinait. Des garçons qui, comme elle, n'étaient jamais sortis de Bari. Alors Elias, tu vois bien. »

Parfois, il m'arrivait d'interroger Luna. « C'était

comment, quand tu étais petite ? » La question, en elle-même, me faisait toujours rigoler. Luna, petite ? Il me semblait que ma grand-mère avait toujours été âgée, avec son visage qui s'éclairait de rides dès qu'elle souriait. J'essayais de me représenter ma Luna enfant, ses cheveux blonds tressés et enroulés autour de la tête, Luna accrochée à sa mère qu'elle suit en trottinant dans ce Bari d'un autre siècle que j'imagine surpeuplé, bon enfant et terriblement pauvre. Luna ne racontait pas grand-chose, debout comme ça dans sa cuisine, en train de préparer quelque chose à manger — du plus loin que je me souvienne, je revois ma grand-mère en train de préparer à manger. Enfin Luna souriait de son bon sourire et parfois se décidait à me confier quelques détails. Le front de mer à Bari qui ressemble un peu à la route de la corniche à Marseille mais pas vraiment. Ses copines d'école. L'appartement qu'elles occupaient dans la vieille ville avec Amalia. Je ne sais pas pourquoi l'appartement de Bari me fait tellement fantasmer, alors qu'il était probablement minuscule et insalubre. Je ne pense pas souvent à Tornavalo, les falaises écorchées qui surplombent la mer, les ruelles étroites et les sentiers envahis de ronces auraient plutôt tendance à me plonger dans une sorte d'angoisse diffuse. Mais l'appartement de Bari ! Je l'imagine sombre et silencieux, rassurant, avec cette atmosphère si particulière qu'ont les appartements des villes du Sud. Luna enfant grimpe les escaliers sur la pointe des pieds, surtout ne pas faire de bruit, ne pas déranger Amalia qui brode à l'atelier de cinq heures du matin à huit heures du soir. Qu'est devenu l'appartement de Bari ? Qui saurait le retrouver dans la vieille ville ? C'est une parenthèse, une pause dans notre histoire familiale mouvementée, un refuge qui me fait rêver, et que l'on a un jour abandonné.

Finalement, je me rends compte que Luna n'aimait pas tant que ça me parler de son enfance, et qu'elle ne le faisait vraiment pas souvent. Par contre je me souviens que, de temps en temps, quand l'envie lui venait, elle me racontait des légendes qu'elle tenait de sa mère Amalia. Évidemment, j'adorais ça. Il me semble aujourd'hui que j'aurais pu l'écouter pendant des heures sans jamais m'ennuyer. Surtout, il y avait toujours un moment où elle finissait par me raconter l'histoire de la femme de Loth, celle qui ne devait pas se retourner, et que j'aimais plus que tout. Bien entendu, j'avais droit à la version haute en couleur revisitée par l'imagination débridée d'Amalia, que Luna avait gardée en mémoire et qu'elle me reservait telle quelle. Me restent encore en tête les images que cette histoire faisait surgir devant mes yeux. Les ronces qui de leurs ramures rampantes encombrent le chemin et que Loth doit écarter avec son bâton pour permettre à sa femme d'avancer. « Malheureuse ! Surtout ne te retourne pas ! » Et, évidemment, sa femme n'a pas fait attention et paf : changée en statue de sel. Je me revois, assise à la table de la cuisine, écoutant de toutes mes oreilles ma grand-mère Luna en train de me raconter l'histoire de la femme de Loth. Quand par hasard mon père était dans les parages, il ajoutait l'air de rien que, si ce soi-disant Seigneur avait présentement le bon sens de changer en statue de sel une certaine femme de sa connaissance, eh bien lui, ça lui ferait des vacances. On l'imagine, de rage ma mère sautait au plafond. Je me souviens aussi d'une fois où ma mère justement s'était disputée avec Luna et lui avait dit d'arrêter avec ces bêtises. Quelle idée de raconter à une gamine de pareilles stupidités ! Et tirées de la Bible, en plus ! Parce qu'elle avait envie d'aller à l'église, peut-être ? Et une de mes tantes qui était là avait alors vertement répliqué que peut-être en effet ce ne serait pas plus mal que les enfants d'aujourd'hui fréquentent un peu l'église comme ça devait se faire dans le temps. Et alors mon père qui était juste devant la maison avec ses frères et avait tout entendu par la fenêtre ouverte, mon père avait crié que, si quelqu'un s'avisait d'envoyer un de ses enfants à l'église, eh bien lui juste après il le jetterait dans le Vieux-Port. Je me souviens aussi qu'un jour j'avais demandé comme ça quel était le nom de la femme de Loth. Avant même que ma grand-mère ait eu le temps d'ouvrir la bouche mon père, qui était assis avec nous à la cuisine en train de boire un café, mon père avait dit qu'elle n'avait pas de nom, la femme de Loth, parce que tout ça s'était passé il y avait longtemps, à une époque où on ne donnait pas de nom aux filles. J'avais dit : « Mais alors comment on faisait pour les appeler ? » Et mon père m'avait répondu que, justement, on n'avait jamais besoin de les appeler puisqu'on savait toujours où elles étaient, parce qu'en ce temps-là figure-toi les filles ne sortaient jamais de la cuisine, et laisse-moi te dire que c'était très bien comme ça.

Est-il vraiment indispensable que je me souvienne de tout cela aujourd'hui ?

Ce qui est certain, c'est que, alors que Luna grandissait, il devenait évident qu'elle n'avait pas hérité de l'imagination maladive de sa mère. Certes, les rues étroites de la vieille ville de Bari étaient moins inspirantes que les espaces sauvages qui s'étiraient autour de Tornavalo, mais je ne pense pas que ma grand-mère, la sage et douce Luna, ait de toute façon pu croire sérieusement que des monstres hurlants étaient prisonniers d'arbres tordus, ni regarder les ronces comme des sortes de méduses terrestres qui t'enserrent de leurs tentacules griffus, te lacèrent et te tuent. D'ailleurs, Luna ignorait d'où surgissaient les étranges créatures qui couraient dans les broderies d'Amalia. Sa mère ne lui avait jamais vraiment expliqué ce qu'elle voyait dans les oliviers. Qu'au moins, se disait Amalia, qu'au moins on lui épargne ça. Et si elle élevait Luna en ville ce n'était pas pour que les fantômes de son enfance prennent d'assaut leur appartement. Alors effectivement, Luna n'a jamais imaginé quoi que ce soit d'aussi terrible. Tout au plus rêvait-elle, je suppose, les jours où avec sa mère elle allait sur le front de mer à Bari, lieu habituel pour la promenade qui le soir est de rigueur dans ces régions, tout au plus rêvait-elle aux mondes inconnus que l'on devinait de l'autre côté de l'Adriatique. Peut-être se demandait-elle, parfois, à quoi pouvait bien ressembler le port d'Istanbul, ce port d'où son père, dans un passé qui semblait désormais si lointain, s'était un matin embarqué pour s'échouer, après Dieu sait quel périple, à Tornavalo. Et sans doute, c'est moi qui le dis bien sûr, sans doute Luna rêvait-elle du prince charmant qui viendrait un beau jour la délivrer de la vieille ville de Bari, la libérer de sa mère qui régentait tout et de l'atelier de broderie que peu à peu, sans un mot, et sans rien en dire à Amalia, elle s'était mise à détester de toutes ses forces. Parce que si Luna n'avait pas hérité de l'imagination de sa mère, elle n'avait pas non plus été gratifiée de ses talents de brodeuse. Alors non seulement elle était bien incapable d'inventer ces petits personnages étonnants qui sortaient comme par magie des doigts d'Amalia, mais en plus elle n'est jamais parvenue à les reproduire avec un tant soit peu de finesse. Non vraiment, à ce niveau-là

Luna n'avait aucun don, rien qui puisse la distinguer des quantités d'autres brodeuses dont la vieille ville de Bari regorgeait. Ce qui aux yeux d'Amalia était une véritable catastrophe car, dans le futur qu'elle imaginait, l'atelier allait péricliter à coup sûr lorsqu'elle le laisserait aux mains de Luna. Alors mon arrière-grand-mère s'acharnait à expliquer à sa fille comment créer des motifs originaux, comment lier avec un soin maniaque les fils de couleur pour que la broderie soit parfaite. Luna soupirait en prenant son aiguille et quand pour finir les larmes lui brouillaient la vue, quand il lui devenait impossible de faire un point correct, Amalia excédée la renvoyait à la cuisine en lui disant : « Ma fille, qu'est-ce que je vais faire de toi ? »

Et puis voilà. De petite fille, Luna est devenue d'un coup bonne à marier, comme c'était toujours à cette époque, où on ne faisait pas dans le détail. La gamine aux cheveux de blé s'était transformée en une adolescente fine et diaphane, une beauté calme qui toujours se taisait. Quelle était alors sa vie ? Luna ne brodait pas, non, mais, comme me l'a rappelé ma mère aujourd'hui, elle lisait. C'était, paraît-il, et tant qu'elle est restée en Italie, son passe-temps favori. Elle lisait quoi ? Ce que le curé lui prêtait, semble-t-il. J'imagine aussi cette littérature de pacotille que ses amies et elles devaient s'échanger et les quelques journaux qu'Amalia, de loin en loin, lui permettait d'acheter. Journaux qui commencent à lui donner une idée du vaste monde, une idée évidemment bien imparfaite et bien lacunaire. J'ai l'impression qu'il ne s'est pas passé grand-chose dans la vie de Luna avant qu'elle rencontre Elias. Bien sûr qu'à Bari, il devait exister dans la ville nouvelle une petite classe moyenne constituée de gens relativement modernes et éclairés. Là, les jupes raccourcissaient un peu sur les mollets. Mais Luna ne devait pouvoir observer ça que de loin, si jamais elle avait une course à faire dans une des grandes boutiques qui avaient ouvert sur les avenues. Elle, elle vivait dans le vieux Bari, où nombre de choses étaient immuables. Cela dit, elle avait aussi dû voir les fascistes parader sur le front de mer et déjà à l'époque, même si elle n'avait pas encore rencontré Elias, je suis certaine qu'elle ne devait pas les regarder d'un très bon œil, telle que je la connais. Elle n'avait pas eu besoin qu'on lui explique quoi que ce soit pour deviner que ce qui animait ces guerriers de pacotille ne valait rien. Elle sentait bien qu'ils représentaient un danger, même si le curé faisait leur éloge. Elle avait essayé d'en parler avec sa mère, et Amalia avait froncé les sourcils, secoué la tête d'un air mauvais, lui intimant l'ordre de ne surtout se mêler de rien parce que, de toute façon, l'Histoire comme le reste passerait : « Vois-tu ma fille, seule la mer ne bouge jamais d'ici. »

Ma mère avait donc dit : « Alors Elias, tu vois bien. » En effet je le vois bien, Elias, en train d'embobiner ma Luna qui n'était jamais sortie de Bari. Elias avec ses histoires de voyage à Athènes, Malte, Trieste et Dubrovnik. Et ça, c'est bien un truc qui m'énerve. J'essaie d'expliquer à Jon. Notre fils joue toujours dehors parce qu'il en a vraiment assez de mes histoires, mais Jon est là à boire paresseusement son café pendant que je prépare une toile et que je tente de lui représenter la rencontre de Luna et Elias sur le front de mer de Bari. Et je lui dis : « Tu comprends, elles m'agacent, les femmes de ma famille. Franchement, il suffit qu'un beau garçon arrive et leur raconte qu'il a vu les remparts de Dubrovnik, le port d'Istanbul ou la lagune de Venise pour qu'elles s'écroulent d'émotion et lui tombent dans les bras. Moi, j'aimerais sortir d'une lignée de femmes intelligentes, solides, indépendantes, qui choisissent leurs maris autrement. » Et alors que je parle et que je parle, je surprends le regard tendrement ironique de Jon. Jon que j'ai rencontré un jour sur le port de Marseille, exactement sur le port de Marseille, c'est la vérité vraie. J'avais vingt ans. Ce jour-là, j'aurais dû aller à la fac, sauf que j'étais en train de siroter un soda avec mes copines, on s'était installées à une terrasse sur le Vieux-Port. Il faisait beau, et je ne sais pas comment ce grand jeune homme aux yeux gris rieurs s'est retrouvé à notre table avec sa bière. Il était étudiant à Helsinki. Mais ce n'était pas ça le plus important. Non, le plus important c'est qu'il était skipper pendant ses vacances pour gagner un peu d'argent, et qu'il avait déjà vu l'Islande, les fjords de Norvège, les îles Anglo-Normandes. Et là, il revenait d'un plan d'enfer : il avait travaillé sur un voilier de luxe qui faisait le tour de la Méditerranée. Alors, dans un anglais parfait mais balayé par un accent nordique qui d'emblée m'avait emportée, il s'était mis à raconter. Alger la blanche, les îles Éoliennes, le port de Corfou, et bien sûr les remparts de Dubrovnik.

Mais donc, il faut imaginer Elias, superbe à cet âge-là. Elias le beau rebelle aux yeux dorés. Mon grand-père.

Et il faut bien entendu se souvenir qu'à l'époque, toutes sortes de choses surgissent en Europe en général, en Italie et en Allemagne en particulier. À Bari, sur le front de mer, les fascistes paradent. Elias le Maltais qui baragouine à peine l'italien se débrouille pour s'infiltrer dans les réseaux d'opposants politiques, tout en essayant de vendre des chemises comme il l'a promis à son père. Là-bas, à Malte, Joseph et Elena se font du souci pour leur garçon qui ne revient jamais. Il écrit parfois des lettres enthousiastes : oui oui, il a vendu des chemises. Qu'ils ne s'inquiètent pas. Mais il ne va pas rentrer tout de suite. Bari est magnifique, et puis d'ailleurs un jour les fascistes seront anéantis, il en est certain, et puis il a des choses à faire.

Et, bien sûr, mais ça il ne le dit pas, il vient de croiser Luna. Luna, la première fois qu'il la voit, c'est donc sur le front de mer. Luna est blonde et diaphane, et si d'aventure elle pose son regard vert sur un garçon, il se liquéfie. Sa mère Amalia avait le pouvoir d'envoyer les gens se jeter du haut de la falaise, Luna possède celui de transformer les garçons en eau. La ville de Bari ne compte plus le nombre de jeunes hommes passés de l'état solide à l'état liquide pour seulement avoir croisé un jour le chemin de la belle et blonde Luna Iscenderini. Aussi, lorsque Elias commence à demander à ses amis qui est cette fille à couleur de sirène, tous ricanent. Ça y est, le valeureux révolutionnaire va se transformer en flaque en moins de temps qu'il ne faut pour le dire. Mais Elias est fait de feu. Et, on le devine, Luna va s'enflammer.

Je ne sais pas comment il s'est débrouillé. Elias me semble toujours être le jeune homme le plus malin du monde. Il aborde Luna, lui parle, profite d'un moment — lequel ? — où sa mère n'est pas exactement à ses côtés. Il lui raconte tout un tas de choses et la séduit. Lui décrit-il les remparts de Dubrovnik dès cette première rencontre ? Je n'en doute pas. Ce qui est sûr, c'est que sous le regard vert d'eau de Luna, il tient debout. Il lui parle même de ses projets, du départ prochain des fascistes, il en est sûr, et puis un jour les anarchistes vaincront. Elias donne des livres à Luna. Elle l'écoute, elle lit, et bien sûr elle est subjuguée. Luna la timide qui n'a jamais entendu que la légende de la femme de Loth ou les histoires que sa mère lui raconte sur Tornavalo, Luna qui n'a jamais eu dans les mains que les lectures autorisées par le curé, Luna est totalement éblouie par ce que lui explique Elias. Elle lit en cachette de sa mère, bien entendu, rencontre Elias en secret. Jusqu'au jour où il vient faire sa demande en mariage.

S'il y a une chose qui a bien fait rigoler Amalia dans sa vie, c'est Elias venant lui demander sa fille en mariage. Non mais ! Ce va-nu-pieds sorti d'où, d'ailleurs ? Amalia n'a pas écouté le jeune homme plus de deux minutes qu'elle lui a déjà lancé un regard capable de l'envoyer se jeter du haut de la première falaise. Sauf qu'Elias n'est pas allé se jeter du haut de la première falaise, vous pensez bien. Lui qui était prêt à en découdre avec tous les fascistes de Méditerranée, ce n'était pas la minuscule Amalia, toute colérique qu'elle fût, qui allait l'impressionner. Amalia ne voulait pas de lui comme gendre ? Soit. Mais si elle s'imaginait qu'elle allait se débarrasser de lui comme ça, elle se trompait grave, comme dirait mon fils aujourd'hui. « Je vais trouver une solution. » Voilà ce qu'il a dit à Luna. Je vais trouver une solution. Et Luna l'a cru. Luna a toujours cru ce que lui disait Elias. Sauf que de solution, il n'y en avait pas. D'abord, elle n'était pas majeure, et puis, de quoi vivait Elias ? Je n'en sais trop rien. Est-ce que ses parents lui envoyaient un peu d'argent depuis Malte ? Je n'en suis pas sûre. Alors quoi ? Il vivait d'expédients, de révolution et d'eau fraîche. Aussi, si Amalia refusait ce mariage, il ne pouvait pas épouser Luna. Il n'avait pas les moyens de la faire vivre, pas les moyens d'installer un ménage, comme on disait à l'époque. Alors, que devait-il faire ? L'enlever ? Mais pour aller où ? Renoncer à l'idéal révolutionnaire, trouver du travail et mener une vie de mari parfait qui à la longue aurait convaincu même Amalia ? Plutôt crever.

Alors la vie a continué comme avant. Luna suivait sa mère les soirs de promenade sur le front de mer et s'ennuyait dans l'appartement de Bari, attendant patiemment l'heure où elle allait retrouver Elias en cachette. Elias qui se jette plus que jamais dans l'activité politique, risque sa vie pour coller des affiches et tente de changer le cours de l'Histoire. Elias qui promet que, oui, il va trouver une solution, et que les fascistes vont finir par se dissoudre dans la mer. Alors il cherchera un moyen pour gagner sa vie et épater la vieille et alors tu verras Luna, je t'épouserai.

Les hommes promettent et le temps passe. On commence à connaître ça dans la famille. Luna est toujours aussi douce et patiente, incapable, contrairement à sa mère Amalia, de prendre la moindre décision. Mais le monde qui tourne va décider à sa place. Parce que là, à force d'attendre, on est en 1936.

1936. La guerre d'Espagne.

« Bien sûr, dit ma mère, c'était une idée d'Elias, tu penses bien. L'originalité, je suppose, c'est que spontanément il a décidé d'embarquer Luna dans l'histoire, Luna qui ne savait rien de rien, Luna qui n'avait jamais quitté Bari, mais qui aurait pu le suivre jusqu'au bout du monde s'il l'avait demandé, cette bécasse. »

Embarquer Luna dans l'Histoire… Je ne suis pas d'accord avec ma mère, qui présente toujours Luna, sa propre mère, comme une écervelée. Je suis sûre que ce n'est pas vraiment comme cela que ça s'est passé. Les brigades internationales et la guerre d'Espagne, Luna comme Elias en ont immédiatement entendu parler. Elias avait un peu d'avance, mais désormais la formation politique de Luna était presque aussi solide que la sienne. Ma grand-mère savait parfaitement pourquoi il fallait aller se battre en Espagne. Au fond, c'est même peut-être elle qui a proposé qu'ils partent. Ensemble.

Alors je vois très bien ma Luna, si timide, qui un jour, et pour la première fois de sa vie, se dresse devant sa mère. Luna qui trouve Dieu sait où le courage de dire qu'elle va partir là-bas avec Elias. La belle et blonde et diaphane Luna se sent investie d'une mission. Elle qui s'effrayait de tout n'a désormais plus peur de rien. Elle sera avec Elias, il n'y a aucun danger. Luna, dont tout le monde avait toujours pensé qu'elle ne réfléchissait jamais à rien. Il s'avérait soudain qu'en réalité elle avait suffisamment étudié toute la littérature anarchiste et révolutionnaire que lui prêtait Elias pour savoir qu'il fallait aller soutenir la Révolution espagnole et que, si on voulait se débarrasser des fascistes, on devait commencer par là.

Évidemment, on l'imagine, Amalia entre dans la pire colère de sa vie. Quoi ? Sa fille, son unique fille, pour qui elle s'est sacrifiée sa vie durant, sa fille va partir avec ce va-nu-pieds d'Elias, ce va-nu-pieds dont on ne connaît même pas exactement la provenance — de Malte, tu parles, parce que tu crois que le nom qu'il porte est maltais ? — ce va-nu-pieds qui est venu te mettre quelles idées dans la tête, dis-moi, mais dis-moi Luna qu'as-tu dans la tête ?

Ce jour-là, dans le petit appartement de la vieille ville de Bari, Amalia hurle et hurle comme elle n'a jamais hurlé. Et sous l'avalanche bien sûr Luna se tait, les yeux baissés, mais dresse soudain une oreille, parce que Amalia vient de lâcher la phrase la plus importante de sa vie : « Tu es bien comme ton père! J'étais certaine que tu finirais par faire comme lui. »

« Et c'est comme ça, m'a raconté un jour Luna avec son bon sourire, c'est comme ça que j'ai appris que, contrairement à ce qu'Amalia m'avait toujours juré, mon père, Stepan Iscenderini, n'était absolument pas mort et encore moins enterré à Alexandrie. »

Alors voilà Elias et Luna embarqués à travers la Méditerranée pour aller sauver un idéal que personne n'a réussi à sauver. Je serais incapable de dire par quels moyens ils ont rejoint l'Espagne, comment ils se sont organisés sur place, ce qu'ils ont vécu là-bas. J'avoue que je n'ai à peu près jamais questionné Luna sur cet épisode de sa vie, que j'ai d'ailleurs appris assez tardivement. Ce que je sais aujourd'hui, plus pour l'avoir étudié au lycée et pour avoir vu un film de Ken Loach là-dessus, ce que je sais aujourd'hui c'est que ç'a été épouvantable, qu'ils ont vu de leurs yeux l'Espagne se refermer comme une huître et qu'en plus, à l'intérieur du camp républicain, les affrontements entre communistes et anarchistes ont été dévastateurs. Alors j'ignore ce qui s'est exactement passé pour Elias et Luna à Barcelone, apparemment ils n'y sont pas restés plus d'une année. En 37 à peu près, ils se retrouvent à Marseille. Dans les quartiers nord, à l'Estaque.

Ah l'Estaque! Ce merveilleux petit port de pêche des quartiers nord de Marseille. Ils ont de ces couchers de soleil, là-bas! Parce que l'Estaque, contrairement à Tornavalo, Bari ou Malte, j'ai bien connu. J'explique ça à mon fils, revenu dans l'atelier, mon Téo couché à plat ventre par terre avec son cahier et son chat. C'est là-bas que j'ai grandi, tu vois, parce qu'on a mis trois générations à en ressortir. Mais Téo fait comme s'il n'entendait pas.

J'imagine Luna posant ses grands yeux verts sur l'Estaque. Le port miniature, les bateaux de pêche, les entrepôts, et sur les collines des usines qui à l'époque fonctionnent encore, et même tournent à plein régime, remplies d'ouvriers qui, venus de tous les ports de Méditerranée, affluent en masse, s'installent comme ils peuvent et ne décollent plus. J'imagine Elias essayant de trouver du travail et d'apprendre le français. J'imagine Elias essayant d'apprendre à parler français et je me mets à pleurer. Je ne sais pas pourquoi mais je pleure. Je suis là assise avec mes pinceaux à la main et, sous le regard inquiet de Jon et de Téo, je pleure toutes les larmes de mon corps sans pouvoir m'arrêter. Je ne peux pas leur expliquer ce qui se passe. J'ai juste l'impression que tout le désespoir de mon grand-père me tombe dessus. Voilà, c'est ça. Ces larmes sont celles qu'Elias n'a pas pu verser, elles ont traversé le siècle pour s'échouer là sur mes pinceaux.

Toujours est-il qu'Elias, dans ce quartier de misère, se débrouille, comme d'habitude. Il trouve du travail dans une des usines qui surplombent la mer et Luna se fait embaucher dans une fabrique de lessive, paraît-il une des pires choses qu'ait connues ce quartier, qui pourtant en a vu d'autres. Fini l'appartement de Bari où dans un coin de la salle à manger trônait le narguilé qu'Amalia avait rapporté d'Alexandrie. Fini les garçons qui se liquéfiaient sur le front de mer. Fini les rêves de mariage en blanc avec le bel Elias. Ils se sont mariés, oui, mais en catastrophe je suppose, et je ne sais ni où ni quand. Je téléphone à ma mère. Qui me dit que, décidément, j'ai du temps à perdre. Elle ne me dit pas qu'elle m'a assez entendue pour aujourd'hui, mais je sais qu'elle le pense. À ma question — où et quand Luna et Elias se sont-ils mariés ? — je l'entends qui hésite, tourne sa phrase dans tous les sens, pour finalement m'avouer d'une toute petite voix, vraiment d'une toute petite voix, une petite voix qui doit être celle qu'elle avait quand elle était encore sur les bancs de l'école, à l'Estaque. Pour la première fois de sa vie ma mère me raconte que oui, Elias et Luna se sont mariés, mais ils se sont mariés bien tard, c'était après sa naissance, longtemps après sa naissance. Et qu'Elias avait scié et poli, en cachette du contremaître, deux rondelles d'acier pour fabriquer deux alliances.

En tout cas, le débrouillard Elias ne se laisse pas abattre. On le devine, il a tôt fait de rejoindre un groupe d'ouvriers anarchistes qui se réunit je ne sais où pour imprimer et coller des affiches. La lutte continue et Luna se débrouille avec ça. Je crois qu'après l'Espagne elle ne voulait plus militer, elle avait peur qu'ils ne soient expulsés, Elias et elle, si leurs activités politiques étaient trop voyantes. Et puis elle a eu ma mère, alors... Et elle ne lisait plus. Forcément, où trouver des livres en italien ? Ma grand-mère, devenue analphabète du jour au lendemain dans ce pays auquel elle n'a jamais rien compris, ma grand-mère regrettait les livres de sa jeunesse. Même ceux que le curé lui prêtait, même les fadaises qu'avec ses copines elles s'échangeaient, elle les regrettait. Cela dit, la lecture était bien la seule chose qui lui manquait de sa vie d'avant, en Italie. Et je sais aussi que parfois, il arrivait qu'elle ait un petit pincement au cœur lorsque en secouant un vêtement, un drap ou une nappe, elle avait la surprise de voir se former dans l'air un nuage de poussière rouge. « S'en débarrassera-t-on jamais ? » se demandait-elle désespérée. Car Luna n'avait pas à réfléchir longtemps pour deviner d'où lui venait cette poussière à la couleur si étrange. Elle ne parvenait pas à comprendre pourquoi cette malédiction l'avait poursuivie de Bari à Marseille en passant par Barcelone, mais comme Amalia le faisait, elle se contentait de balayer sans un mot. Et alors je me souviens de ma mère, quand j'étais petite, qui une fois ou deux me montre du doigt les soies de son balai et me dit : « Regarde, tu vois, il y en a encore », sans m'expliquer pour autant de quoi il s'agit. Depuis que j'ai quitté Marseille, je n'ai plus pensé à tout cela. Peut-être faudrait-il que j'observe de plus près la prochaine fois que je passe l'aspirateur, et alors j'appellerai Téo et je lui dirai : « Regarde. »

Pour Luna, les premières années, à l'Estaque, n'ont pas dû être faciles. D'accord, elle continuait à vivre au bord de la mer, et peut-être qu'après tout c'était ce qu'il y avait de plus important pour elle, mais après ? Il paraît que, à cette époque-là, Elias n'était jamais à la maison et passait ses soirées dans des réunions où on rédigeait, imprimait et collait ces fameuses affiches. Parce qu'il n'était pas fou, Elias. Il voyait bien ce qui était en train de se tramer en Europe. Alors qu'en Italie, il comptait jeter tous les fascistes à la mer, arrivé en France il ne pouvait que constater que ces mêmes fascistes se portaient mieux que bien et que, si on ne s'organisait pas, demain je vous le dis Hitler sera capable d'envoyer ses troupes jusqu'ici, à Marseille.

En effet.

Aujourd'hui, je dois reconnaître que j'ignore presque tout de ces groupements ouvriers anarchistes qui existaient avant-guerre dans les quartiers populaires de Marseille, ces syndicalistes radicaux dont a fait partie Elias. Que reste-t-il d'eux et de leurs luttes ? Peut-être un héritage qui court encore dans les propos que peuvent tenir les gens là-bas, je n'en suis même pas sûre. Jon n'en a jamais entendu parler, mais ce n'est pas une référence. Je sais seulement, pour l'avoir lu, que ces anarchistes pouvaient monter des actions violentes, que certains étaient même considérés comme très dangereux par les autorités de l'époque. Qu'a fait Elias, exactement ? On ne m'a jamais parlé que de ces affiches qu'il allait coller et à cette heure-ci, je n'ai plus envie de téléphoner à ma mère qui, à mon avis, n'aurait pas grand-chose de plus à m'apprendre. Ce qui me frappe, c'est qu'à

Athènes, Bari ou Marseille, Elias colle des affiches. Cette confiance dans l'écriture me laisse perplexe. Il croyait quoi, Elias ? Je l'imagine allant de nuit coller ses affiches pour qu'elles soient vues le lendemain par les hordes d'ouvriers harassés qui chaque jour entrent et sortent des usines à l'Estaque, ouvriers immigrés de Sicile, Calabre, Andalousie, Kabylie, et qui pour beaucoup ne savent même pas lire. Je les vois, ces hommes, réunis par petits groupes sur le port ou sur les places, là où, au moins depuis l'époque romaine en Méditerranée, les hommes se rassemblent. Je les imagine qui discutent à voix basse, regardent les affiches, s'interrogent. Comment s'organiser ? Comment exiger des patrons de meilleures conditions de vie ? Comment ne pas être écrasés par ce qui se prépare ? Et je vois mon grand-père Elias, Elias le valeureux, toujours magnifique même en bleu de travail, mon grand-père aux yeux dorés, simplement dorés. Elias qui s'active, compte ses troupes, persuade, explique, ordonne, et n'a peur de rien. Alors qu'il devrait : on est désormais, j'imagine, en 40 ou 41, et là c'est la guerre.

Téo me dit : « La guerre ? », et je lis à la fois de l'effroi et de l'excitation dans ses yeux. Eh oui mon garçon, il y a eu une guerre. Une guerre dont Elias, Luna, ma mère et plein de gens ne se sont jamais vraiment relevés, sans parler de ceux qui y sont restés. Je t'expliquerai, un autre jour.

Parce que la guerre et l'Occupation, Elias en a fait une affaire personnelle. S'il faut se cacher pour imprimer des affiches, et bien on se cachera. Et on continuera.

Alors Elias continue. Avec ses affiches il demande à tous d'ouvrir les yeux et d'agir. Et un jour, il en est sûr, l'anarchie vaincra. Mais le pauvre Elias n'était qu'un petit caillou dans la chaussure des nazis. Il ne leur a fallu finalement que peu de temps pour démanteler son réseau. Et Elias a été déporté.

Tu sais Téo, il y a des jours où tout l'enthousiasme du monde ne sert plus à rien. Des jours où la Méditerranée est muette. Des jours où, sur le port de l'Estaque, Luna se promène avec dans les bras sa petite fille — ma mère. Elle va jusqu'au bout de la digue, revient et se demande si un jour elle reverra Elias. Quelque part sur la terre il y a un homme qui, pour elle, sera éternellement un jeune et beau garçon aux yeux dorés qui soutient son regard sur le front de mer à Bari. Et ce garçon, elle ne sait pas où il est ni ce qu'on lui fait. Elias, es-tu seulement toujours vivant ?

Oui, il était vivant, Elias, mais il était brisé. Il a fini par revenir de déportation, bien après la fin de la guerre, alors qu'à l'Estaque, à part Luna, plus personne n'y croyait. Un jour, une voisine est entrée en trombe dans la cuisine de ma grand-mère et lui a dit : « Luna, va vite voir qui est à l'arrêt du tram. » Luna est sortie en courant et là, sur le trottoir, il y avait Elias. Elias que des gens avaient aidé à descendre du tramway, mais qui était bien trop faible pour faire un pas de plus. Elias qui était méconnaissable.

Elias qui regardait Luna.

Écoute, Téo : j'en ai assez de raconter. De toute façon, il n'y a plus rien à raconter. Elias a été malade pendant des mois, des années. Et il n'a jamais dit à personne ce qu'on lui avait fait, en déportation. En tout cas, l'action politique c'était fini pour lui. Mes grands-parents, après guerre, se sont fait naturaliser français et ont voté communiste, comme tout le monde dans le quartier. Staline était l'homme du moment, alors Elias et Luna ont pensé, et ont vraiment cru, qu'il allait se débrouiller pour venir les délivrer du capitalisme. Parce qu'ils étaient certains que le capitalisme n'apporterait que du désastre de ce côté-ci de la ville.

Elias et Luna ont eu d'autres enfants, ils étaient de ces couples qui ne font pas de bruit mais s'aiment pour la vie. Je me souviens vaguement d'Elias, j'étais encore petite quand il est mort. Je me souviens d'un regard doré embué de cataracte, d'un vieux monsieur usé qui, chaque fois qu'on allait déjeuner chez eux le dimanche, tenait absolument à m'emmener faire une promenade jusqu'au bout de la digue. Arrivés là, on s'asseyait sur les derniers rochers, il me serrait dans ses bras et me faisait regarder la mer, sans un mot.

Il n'y a plus rien à raconter, mon garçon. Il est l'heure d'aller te coucher, maintenant. Le monde dont Elias et Luna avaient rêvé n'a jamais existé nulle part, que veux-tu que je te dise de plus? Et encore, ils sont morts trop tôt pour regarder le capitalisme envahir la planète, et les fascistes revenir parader dans plein d'endroits.

Il est tard. J'ai mis Téo au lit et il s'est endormi. Jon travaille au salon, j'entends qu'il a mis un disque en sourdine. Je suis assise à la table de la cuisine et j'écris une lettre à l'institutrice. Je lui demande qu'elle nous laisse une semaine de plus pour terminer l'arbre généalogique. Une semaine, au moins. Voilà c'est ça : qu'on nous laisse du temps.

Et quand j'ai couché Téo, il m'a dit : « Mais des grands-parents, tu n'en as pas eu d'autres ? »

Oui, mais je ne les ai pas beaucoup connus.

Et en effet je ne vois pas trop ce que je peux raconter de mes grands-parents paternels, Giacomo et Mariangela qui, un beau matin, ont quitté leur village natal, un quelconque bled paumé du centre de la Sicile. Bon, je ne vais pas vous refaire le coup des oliviers centenaires et des murets de pierres sèches, et pourtant à mon avis c'est exactement ça, le centre de la Sicile dans la première moitié du XXe siècle. J'essaie de rassembler ce que je sais d'eux et c'est très faible : que là-bas, ils gardaient des moutons mais ne possédaient pas leur propre troupeau, qu'ils sont partis pour une raison obscure, je crois qu'ils s'étaient disputés avec ses parents à elle. Mais est-ce qu'ils étaient joyeux, surexcités à l'idée de la grande aventure qui les attendait ? Ou est-ce qu'ils étaient terrorisés ? Je n'en sais rien. Apparemment, ils ont marché jusqu'à Palerme — à mon avis, sans se retourner — et là, ils se sont embarqués sur un cargo qui partait pour Marseille. Ils n'avaient pas d'argent, ils ne savaient ni lire ni écrire, je ne comprends toujours pas comment ils se sont débrouillés. Je me souviens que, durant la traversée — ça mon père le racontait toujours en rigolant — ils se sont fermement juré d'aller jusqu'aux États-Unis, alors qu'en réalité ils n'ont pas décollé du quartier du Panier, juste derrière le Vieux-Port, où ils ont atterri le jour de leur arrivée. Que dire d'autre à Téo ? Je ne parviens pas à les imaginer en train de descendre du bateau. S'il y a bien une chose qui n'a jamais été racontée, c'est justement mes grands-parents débarquant dans un pays dont ils ne connaissent pas le premier mot. Je sais que Giacomo a fini par trouver du travail, parce que des garçons comme lui sur le port on en a toujours besoin, et que Mariangela a fait plein d'enfants parce que nous, les immigrés italiens, on était comme ça. Et je ne peux rien raconter de plus. Je n'imagine rien. Leur histoire me laisse sans voix. Bouche bée.

Alors je dirai seulement à Téo qu'il faut toujours avoir une pensée émue pour tous les Giacomo et les Mariangela de la terre.

Et si tu es sage, mon petit Téo, je te raconterai comment mon père, qui était du Panier, a rencontré ma mère qui était de l'Estaque, un jour de 14 Juillet et de bal populaire sur le Vieux-Port de Marseille. Je te raconterai tout le baratin qu'a déroulé mon père pour séduire ma mère, baratin dont elle s'est souvenue sa vie durant et qu'elle égrenait parfois, dans ses moments de colère, en hurlant et en levant les poings au ciel. Parce qu'elle y avait cru, elle, à toutes ces balivernes que lui avait sorties mon père. Comme toutes les femmes de la famille, elle avait succombé à ce que racontait un beau jeune homme rencontré par hasard sur le port. Et, peut-être, je te dirai que les talents de bonimenteur de mon père étaient si enthousiasmants qu'avec ma mère ils ont fabriqué mon grand frère le soir même, en fait, dans l'allégresse.

Par contre, je ne te raconterai pas le désastre qu'a été le mariage de mes parents. Je n'ai pas envie d'en parler.

Dors bien mon garçon. Il faudra aussi que ton père te raconte sa famille à lui. Ton père, digne descendant de guerriers vikings avec une bonne louche de sang lapon et autre, ce qui lui vaut ces yeux rieurs qui sont aussi les tiens. Peut-être te parlera-t-il de ses ancêtres, ces paysans farouches qui ont passé leur temps, pendant des siècles, à aller de la Russie à la Finlande, de la Suède à la Norvège, de je ne sais où à je ne sais où, reconstruisant obstinément, contre le froid et les immenses forêts, une vie que le sort tentait toujours de leur arracher.

Et oui, mon petit Téo, il va bien falloir que tu vives avec tout ça. Toutes ces histoires et tous ces gens, que l'on n'a pas choisis, que l'on ne connaît pas, mais qui sont là dans un coin de nos têtes, et parfois se bousculent, jusque dans le moindre de nos gestes.

Et, je te le promets, un jour on prendra Jon avec nous et on ira voir, de nos propres yeux, le port de Dubrovnik.

Achevé d'imprimer
sur Roto-Page
par l'Imprimerie Floch
à Mayenne, le 26 août 2011.
Dépôt légal : août 2011.
1er dépôt légal : mai 2011.
Numéro d'imprimeur : 80280.

ISBN 978-2-7152-3222-8/Imprimé en France.

238189